野生のJK
柏野由紀子は、
異世界で
酒場を開く2
Author・Y・A
on・すざく
JN014087

海の家で
「ここは俺の店だ！
余所者は出て行きな！」

〝アリの町〟で
「いらっしゃい、丼五つね！
ユキコ店長、丼五つ」
「は――――い」

C O N T E N T S

野生のJK柏野由紀子は、異世界で酒場を開く2

Author◆Y.A　Illustration◆すざく

CHARACTER

◆柏野由紀子《かしわのゆきこ》
通称『野生のJK』。大衆酒場『ニホン』の看板娘(と呼ばれたい)であり女将。

◆ララ
大衆酒場『ニホン』の看板娘。由紀子を慕う。

◆ボンタ
大衆酒場『ニホン』の料理人。体格がいいが心優しい少年。

◆ファリス
魔法学院に通う傍ら、由紀子のもとで働く少女。看板娘その2。

◆ヨハン
海の家を営む由紀子に難癖をつける若者。

◆イワン・ビックス
伯爵家の次男で王国の巡検使。

◆フレドリック・サレトル
男爵家の跡取り。通称"アリの町"の代官。

◆アイリス
イワンが連れてきた少女。なにやら事情があるようで……?

◆ヤーラッドの親分
常連客。王都の繁華街を取り仕切る自警団の親分。

◆ブレンドルク・スターブラッド
常連客。お爺さん、ご隠居と呼ばれているがその正体は大商会の元当主。

◆ミルコ・スターブラッド
常連客。由紀子たちの助言もあり、仕事に精を出すようになった。

◆アンソン
自信家なレストランのオーナーシェフ。ミルコの友人。

◆テリー
自警団員。親分を兄貴と慕うヤンチャな少年。

プロローグ　とある砂浜にて

「青い空！　白い雲！　綺麗《きれい》な砂浜に、透き通った海！　そして、カキ氷が美味《おい》しいわね」

「そうですね、ユキコさん。私はマンゴー味が好きです」

「私はパイナップル味ですね」

「僕は、ハチミツをかけたやつをお願いします」


私たちは、海水浴に来ていた。

私、ララちゃん、ファリスさん、ボンタ君の四人で、王都から南に馬車で一週間ほどの場所にある保養地で、バカンスを楽しんでいるというわけ。

従業員一同が揃《そろ》っているのは、福利厚生の一環でもあったから。

みんな、よく働いてくれたしね。

ファリスさんの魔法学院は大丈夫なのか心配だったけど、彼女によると魔法の修行や魔法薬の素材集めで、ほとんど出席しない生徒も珍しくないみたい。

成績さえよければ卒業させてもらえるって凄《すご》いわね。

海水浴といえば水着で、この世界にも水着はあるけど、地球でいうと十九世紀くらいの布地が多いやつで泳ぎにくいし可愛《かわい》くないから、事前に行きつけの洋品店に作ってもらった。

洋品店のオーナーであるサンドラさんは、私のセーラー服やララちゃんのメイド服を作ってくれた腕のいい職人さんだから、いい塩梅《あんばい》に仕上がったわね。

「私は情熱の赤いビキニで、ララちゃんはライトブルーのビキニ。ファリスさんはビキニは恥ずかしいって言うから、黒いワンピースタイプの水着なんだけど……」

おかしい……。

三人とも新しい水着なのに、こうボリュームが……やはり胸なのね……。

「ボンタ君も胸板が厚いし……」

「僕はどうでもよくないですか？　この新しい水着。どこで購入したのか何人かに聞かれたので、サンドラさんのお店を教えておきました」

はからずも、この世界に地球の水着を伝える役割をはたしてしまったわね。

「ところで女将《おかみ》さん、どうして私が魔法で出した氷よりも、女将さんが魔法で出した氷の方が美味しいのでしょうか？」

「それはね。ファリスさんは、純水のみを氷にしてしまうからよ」

「水に微量含まれる成分の中には、水に溶け込んだままの方がいい種類もある、というわけですか……。よくわからない成分の調整は魔法では難しいですね」

「普段は別にそれでもいいんだけどね」

魔法で氷を作る時、意識していないと純水を氷にしてしまう。

正確に言うと『ほぼ純水』なのだけど、純水は味がせず、飲むと逆に喉が渇くような感覚を覚え

てしまう。

氷室に使ったり、飲み物を冷やす時に使うのはいいのだけど、カキ氷にするとなれば話は別よ。

やっぱり、天然水を凍らせた氷を削って作ったカキ氷こそが、シロップの美味しさを引き立て、とても美味しくなるのだから。

ただ、天然水の美味しさは水源の環境に由来するわけで、今のところこの世界の水は日本の清浄な水に及ばず、私が苦労して習得した魔法で天然水に近い氷を魔法で作り出していた。

お祖父《じい》ちゃんが、冬の間に山の渓流で切り取って冷凍庫に保存していた氷を削ってカキ氷にしていた。

私にとって、あれ以上の夏のご馳走《ちそう》はなかったのを思い出す。

今はまだ夏じゃないけど、ここは王国南方にある亜熱帯地域なのでかなり暑く、海辺で薄着に着替えて砂浜に寝ころび、自分で作ったカキ氷を食べるのは最高であった。

ちなみに、カキ氷のシロップの材料はこの砂浜の近くの『死の森』で採取している。

そこは私がこの世界に飛ばされてきた時のポイントよりも北にあったけど、死の森の大半が亜熱帯、熱帯に属するので、トロピカルな果物が採れるのだ。

この世界に飛ばされた直後の私ならもう二度と『死の森』には入りたくないと思いそうだけど、今はかなり強くなったので、美味しい果物が手に入るのであれば行かない手はない。

なお、この採集にはララちゃんたち従業員一同も参加していた。

実は私も含め、みんな竜を倒した影響で強くなっていたから躊躇《ちゅうちょ》しなかったというわけ。

大規模自然災害扱いの大型竜を、たとえ毒殺という手を用いたにしても、無事倒したことで大量の経験値が入って大幅にレベルアップしたのだと思う。

ステータスが見られるわけではないので、どのくらい強くなったのかは、実際に魔獣と戦ってみないとわからないのだけど。

それでも、四人で『死の森』に入って安全に狩猟と採集ができるくらいには強くなったわけだ。

『死の森』の南部は、私でもよく知っている各種果物の産地でもあった。

自然種なのでそんなに甘くない果物も多かったけど、カキ氷用のシロップに加工する分には問題なかったというわけ。

このところ稼いでいるから、お砂糖も購入できるようになったしね。

「ここは人が少ないですね」

ファリスさんは、リゾート地という割に観光客が少ないことを気にしていた。

「高級リゾート地ですからね。本来一般庶民は入れないんですよ」

ボンタ君によると、この南部のリゾート地にはお金持ちしか来ないそうだ。

「私たち、大丈夫でしょうか？」

私、ララちゃん、ボンタ君、ファリスさん。

全員、お金持ちではないわね。

私は、食材ならいっぱい持っているけど！

「そこは、お爺《じい》さんのおかげというわけね」

実は今回のバカンスは、私のお店『ニホン』の常連にしてスターブラッド商会の前当主であるお爺さんが、リゾート地の管理者に紹介状を書いてくれたから来られたわけだ。

そうでなければ、このセレブご愛用の砂浜と海に私たちは入れなかった。

それにしても、金持ちと身分が高い人しか入れない砂浜とかさすがは異世界よね……いや地球にもあるから同じなのかしら？

「ユキコさん、お店、早く再開できるといいですね」

「お爺さんによると、そんなに時間はかからないっていう話だから」

私たちがお店を休み、南のリゾート地まで遊びに来た理由。

それは、私のお店があるエリアで再開発の話が出ていたからであった。

近年、魔獣に住処《すみか》を追われて王都に逃げ込んで来る人たちが増えており、彼らは平民街のさらに奥まった場所で暮らしていた。

私のお店もそのエリアにあるのだけど、王国はさらに増え続ける移住者に対処すべく、王都の平民街の再開発計画を立てた。

同時に王都の拡張もやっているみたいだけど、それだけでは間に合わないそうだ。

『ニホン』があるエリアも対象で、だけど王国主導の区画整理は、日本みたいに地権者と金銭支払いなどの条件を含めた立ち退き交渉して……などという生易しいものではない。

時には王国軍まで動員して、強制的に住民を立ち退かせてしまうのだ。

当然住処を奪われる住民たちも無抵抗というわけではなく、時に死傷者も出てしまうと聞いた。

区画整理の対象になった地権者や、そこに住む住民たちは立ち退きに抵抗しようとし、そこを縄張りとしている親分さんは、地権者や住民の暴走を抑えつつ、王国上層部と裏で交渉して、少しでも住民たちに有利になる条件を引き出そうとする。

区画整理の件でお店の周辺は騒然としており、お爺さんも親分さんも、しばらくは商売にならないし危険だからという理由で、私たちを逃がしてくれたわけ。

それと、もし今のお店でやれなくなったら、新しい店舗を探してくれるそうだ。

お爺さんも親分さんも優しいわね。

『お店の常連としては、あの味がなくなると嫌なのでな』

『ご隠居と同意見だな。うちの若い連中もガッカリするからな』

そんなわけで、区画整理の情勢が落ち着くまでは、私たちは南の海でバカンスというわけ。

「のどかでいいんですけど。なんか退屈ですね」

「そう言われると、ボンタさんの言うとおりです」

「手持ち無沙汰感はあります」

「ボンタ君も、ララちゃんも、ファリスさんも貧乏性ねぇ……」

せっかくのお休みなのに。

私もせわしないと呼ばれる典型的な日本人だけど、こうやってカキ氷を楽しみながら、ノンビリ休んで、この世界に飛ばされてからこれまでの心身の疲れを癒《いや》しているというのに。

「みんな、見てみなさい」

私が視線を向けた方では、貴族らしい人たちが執事やメイドが差し出したお酒やジュースを飲みながら悠々と休暇を楽しんでいた。

「あれが真に休むってことなのよ」

「『ここってどんな観光地があるのかしら？　全部回らないと！』、『時間が空いている！　なにか観光予定を入れなければ！　オプションツアーがあるわ！　申し込まないと！』とか、そういうのは本当に休んでいないんだから。だから、私たちは正しい休暇を取っているのよ」

それに、ここにはセレブしかいない。

私たちが貧乏性を発揮しても、ろくなことにならないはず。

「というわけだから、みんなも優雅に休むように。大衆酒場『ニホン』の従業員がせわしない姿を見せてはいけませんよ」

この砂浜にいるのはセレブな方々ばかりなのだから、あまり目立ってはいけない。

「女将さんの言うことは理解できますけど……隣の砂浜に移りませんか？　別に隣でも僕たちはまったく問題ないと言いますか……」

実はこの砂浜の隣には、庶民向けの砂浜もあった。

この世界の人たちはバカンスを楽しめるほど裕福じゃないから、隣の砂浜もそんなに混んでいるわけではない。

移っても問題がないのは事実だった。

「……移ろうか？」

「女将さんも、実は居心地が悪かったのでは？」

「まあね……」

私も先祖代々由緒正しき庶民の出なので、隣に貴族とかいるとちょっと寛《くつろ》げない。

隣の人たちは私たちなんて気にもしていないけど、それでも居心地が悪かった。

根っからの庶民なんてこんなものだと思う。

「じゃあ、移動しましょう。僕が荷物を持ちますね」

「ユキコさん、私も準備しますね」

「ララさん、私も手伝います」

悲しいかな。

せっかくお爺さんが紹介状を書いてくれたというのに、私たちは身の丈に合った隣の砂浜へと移動してしまうのであった。

第一話　海の家やります！

「女将さん、さっきの砂浜と特に違いはないですね。場所取り……の必要あるのかな？」

「ユキコさん、こっちでも全然問題ないですね。貴族たちがいないと気楽です」

「そうですね。向こうは意識していなくても、私たちの方が気になるから、こっちの方がいいですよ」

「ですよねぇ、ファリスさん」

「私も含めてまさしく平民の集団ね……海水浴に来られる王都の平民なんてほとんどいないでしょうし、こっちはほとんど地元の人でしょうから気楽なのは間違いないけどねぇ」

隣の平民向けの砂浜に移動して来たけど、確かに人は疎《まば》らだった。

この世界は交通の便も悪いから、地元の住民が大半なんだと思う。

王都からだと旅費の問題もあるけど、往復で二週間以上かかるから、そんなに休んだら生活するお金がなくなってしまうのだろう。

この世界に、有給休暇なんて制度は存在しないのだから。

私たちの場合、お爺さんと親分さんが区画整理に伴う混乱で私たちに被害がないように配慮してくれてのバカンスだから例外ってわけ。

竜の素材を売ったことで、手持ちにも余裕があるし。

「もうそろそろお昼だから、お弁当にしましょう」

「いいですね、お弁当。僕、カキ氷だけだとお腹《なか》が空いてしまって」

「ユキコさんのお弁当楽しみです」

「どんなメニューか楽しみですね」

お店じゃないからメニュー数も少なく、ちょっと手抜きだけどいいわよね。

私は、自作したサンドウィッチとカットフルーツ、スープのみのお弁当を出した。

サンドウィッチのパンは、この砂浜近くにある町のパン屋さんで購入。

具は、茹《ゆ》で卵《たまご》をマヨネーズで和《あ》えたタマゴサンド、キルチキンの照り焼きと菜っ葉のチキンサンド、トマトとキュウリでサラダサンドも作ってある。

栄養のバランスも大切だからね。

「このマヨネーズって調味料は美味しいですね」

「ユキコさんしか作れないですけど」

作れなくはないけど、この世界の油は未精製で、それでマヨネーズを作っても……なのよねぇ。

お腹を壊すかもしれないし……。

魔法でわざわざ油を精製するなんてことをしているのは私だけなので、このマヨネーズは現状私にしか作れなかった。

お酢も私が魔法を用いて自作していて、それもそうした方がマヨネーズも美味しくなるから。

「この照り焼きが、どんなお肉にも合って最高です」

と言いながら、よく食べるファリスさん。

私も、この世界に来てから食事量は増えたわね。

魔法を使うとにかくカロリーを消費するようで、最初はサバイバル生活をしていた影響もあって、私の体は細くなっていた。

体重計がないから具体的な数字はわからないけど、無理なく（？）痩せられるってのはいいことよ。

胸は小さくなっていない……大きくなってもいないけど、体が痩せたということはその分私の胸は大きく見えるようになったはずで……うん、きっとそうよ！

「美味しいです」

「よかった（ファリスさんの胸って凄い！）」

どうすればああなるのかしら？

よく食べる？

でも私も同じくらい食べているわね。

ファリスさんは、食べたものが全部胸に行くのかしら？

私は、全部魔法を使う時のエネルギーになっていると思う……うん、確実にそうだ。

あっ、でもファリスさんも魔法使いだったわ……。

「スープもどうぞ」

この世界に魔法瓶なんて便利なものはないけど、スープは大量に作って『食料保存庫』で保管しておいたものを、魔法で温めるだけであった。

「こういう暑いところで、熱いスープってのもいいですね」

「ボンタ君って、私のお祖父ちゃんみたいなことを言うのね」

「僕も体を冷やすのはよくないって、お祖父さんに言われたことがあるからですけど」

「老人って同じようなことを言うのね」

みんなで食事を楽しんでいると、そこに一組の家族がやって来た。

近隣から海水浴に来た親子って感じだ。

「あのぅ……なにか食べる物を売ってもらえませんか？」

「食べ物をですか？」

この砂浜に、海の家なんてものはない。

近くの町といっても、徒歩で三十分はかかる距離にあり、海水浴にお弁当の持参は必須だと思うけど……。

地元の人たちなのに、それに気がつかなかったのかしら？

「実は以前、この砂浜で食べ物や飲み物を売っていたお店があったのですが、店主がお爺さんだったので体調を崩してやめてしまったそうなのです」

「それを知ったのは、ここに来てからでして……」

と、事情を説明する夫婦。

そのお爺さんの『海の家？』っぽいところで食事や飲み物を購入する計画だったので、あてが外れて食べ物と飲み物が手に入らなくなってしまったと。

「お店なんてあったんですね」

「お嬢ちゃん、あそこだよ」

ララちゃんに教えるように、一家のお父さんが指差したかなり遠方に小さな小屋が立っていた。

掘っ立て小屋風でいかにも海の家らしいけど、お店は閉まっている。

店主のお爺さんは、もうお店は閉めて息子さんたちがいるこの近くの町で隠居しているそうだ。

どうして夫婦にそれがわかったのかというと、張り紙がしてあったみたい。

「不便ですね」

「いやあ、困ってしまいました」

あてが外れて、親子は困っているようね。

「誰かが商売を引き継がなかったのですか？」

「それが、息子さんたちにも、お孫さんたちにも断られてしまったそうで」

ファリスさんの問いに、一家のお父さんが答えた。

どうしてそれがわかったのかというと、店主のお爺さんと同じ町に住んでいる他の海水浴客がたまたま来ていて教えてくれたそうだ。

でも、食べ物は分けてもらえなかったのね。

砂浜にいるお客さんの数を考えると、お店はそれほど儲《もう》かっていなかったのかもしれない。

手間の割に儲からないと、誰も跡を継ぎたがらない。

商売の世界では、よくある話だと聞いたことがあった。

「なるほど。お店はあれど、誰もやっていないのね……」

話を聞いて、ちょっとしたアイデアがひらめいた。

区画整理騒動は解決に暫《しばら》くかかりそうだし、ずっと海や砂浜で休んでいるのもどうかと思う。

そんなことを思いながらみんなを見ると、私と同じような表情を浮かべていた。

「海の家『ニホン』でもやろうかしら？」

「僕は賛成です。このまま一ヵ月もずっとお休みとか、逆に疲れてしまいますよ。腕もなまっちゃうし」

「そうですね。今の私たちって、ただ砂浜で寝転がっているだけですから」

「私もお店をやった方がいいと思います。主にアルバイト代的な理由で」

そんなわけで、私たちは砂浜で海の家みたいなお店を経営しようということになったのであった。


「いらっしゃいませ」

「カキ氷、パインとマンゴーを一つずつと。ミックストロピカルジュース四つね」

「ありがとうございます。ユキコさん」

「ちょっと待ってね」

「ボンタさん、次のお客さんは、串焼きセットと焼きそばを三つずつです」

「ファリスさん、今焼いていますから」

そうそう毎日休んでいられないという理由で始めた海の家だけど、予想に反してもの凄《すご》く繁盛していた。

確かに、その視界にはあまり海水浴客の姿は見えなかったのだけど、なんでもこの砂浜はかなり広いそうで、実は私たちが思っていた以上にお客さんが点在していたことと、うちが色々とこれまでにないメニューを出しているので、すぐに周辺から海水浴客たちが集まって来たようね。

カキ氷、各種フルーツジュース、焼きそば、串焼き、味噌《みそ》煮込み、サンドウィッチ、その他軽食などがよく売れている。

焼きそばで使う麺は、私はお祖父ちゃんに蕎麦《そば》打ちを教わっていたので自作した。

ちょっと麺の太さが歪《いびつ》だけど、具材と炒《いた》めるから問題なしってことで！

他にお店はないし、コストの関係で少し値段が高めだけど、たまに来るレジャーで少しくらい食べ物の値段が高くても人は許容する生き物だ。

特に私の場合、魔法も使えるのでさほど高額にしなくても必要な利益は確保できるため、思っていたよりは高くないと思われていて、それもお客さんを増やす要因となっていた。

「商売繁盛でよかったわ」

「お店の持ち主のお爺さん、ここを安く貸してくれてよかったですね」

私たちがお店をやりたいと言いに行ったら先代店主はとても喜んでくれて、最初は無料で貸すと言ってくれたのだ。

それはよくないと私が言ったら、それでも大分安く貸してくれたけど。

とりあえず賃貸期間は一ヵ月。

一ヵ月経《た》てば、区画整理に絡むゴタゴタはお爺さんと親分さんが解決しているはず……解決していなかったら、期間を延ばすと伝えてはあった。

「今は立ち上げたばかりだから、メニューは少なめで。だけどせっかく一ヵ月もお店をやるから、色々とチャレンジしたいわね」

「女将さん、なにか新しいメニューを出すんですか？」

「当然。ここは海の近くだからね」

そして翌日の早朝、私たちは砂浜近くの漁港にいた。

ちょうど漁を終えた船が次々と戻って来ており、私の狙いは獲《と》れたての魚介類というわけだ。

「おじさん、お魚を買いたいんですけど」

「いいぜ。なにが欲しい？」

ここから町に持って行けばもっと高く売れるけど、移動時間とコストを考えたら利益は同じ。

それに、どうせ町に魚を持って行くのは他の商人だ。

事前に私たちが仕入れても、なんの問題もないというわけ。

「これと、これと……あとはこれも」

「随分と沢山買うんだな。商売でもするのか？」

「今、砂浜でお店をやっています」

「おおっ！　ブランドン爺《じぃ》さんの店のあとのお店か。爺さん、腰が悪くて引退してしまったんだよなぁ……。そうか、あそこにお店をな。それはよかった」

漁師のおじさんは、砂浜のお店の前の店主を知っていた。

「でも生魚は足が早いからな。大丈夫か？」

「大丈夫ですよ」

目当ての魚介類をすべて購入し終わると、私たちは早速魚の下処理を始めた。

小さな魚はエラと内臓と血合いを取り除き、用意した箱の中に綺麗な海水と砕いた氷を入れて冷やす。

氷は、ファリスさんが次々と魔法で作ってくれた。

「ファリスさん、凄いわね」

「女将さんもそう実力に差がないどころか、魔法も実力が上のような気がしますけど……」

「そう？」

でも私は、食べ物が絡む魔法しか使えないから。

「このお魚、まだ生きていますね」

「これは締めるわ。いわゆる神経締めね」

「神経締めですか？」

「やり方を見ていて」

まだ生きている大きな魚がいたのだけど、まずは包丁の柄で頭を思いっきり叩《たた》いて気絶させ、エラと尻尾の付け根を切り、魚を出血させる。

こうして魚から血を抜くわけだ。

そして次に、切り込みを入れた魚の尻尾を折り、見えるようになった背骨の上を通る神経にギザギザのハリガネを入れて、魚の神経や髄液をかき出していく。

神経締めに使うハリガネは、以前親分さんに相談したら腕のいい職人さんが作ってくれた。

神経締めを終え、完全に血を抜いた魚は綺麗な布に包んでから、箱に入れて冷たい海水につけておく。

こうしておけばおよそ丸一日、お刺身でも食べられる魚となるのだ。

「お魚を生でですか？」

この世界にお刺身なんてないから、ララちゃんが驚くのも無理はないか。

ただ、まだ衛生面の確認が不十分なので、今日は加熱調理することにしましょう。

生で食べられるお魚を料理すると、とても美味しいから。

この世界の、ちょっと臭ってきたから加熱調理したというお魚よりも、格段に美味しいはずよ。

「さあ、お店に戻って調理よ」

この世界の魚は、地球のものとよく似ている。

アジはアジフライや開きに。

サバは味噌煮込みに。

残りは、味噌仕立ての漁師汁に仕上げた。

この世界風に言えば、『味噌ブイヤベース』かしら？

「新メニューですよ」

「この魚料理、全然生臭くなくて美味しいな」

「このブイヤベース、これまで食べたことない調味料を使っているけど、美味しくていいな」

「こっちにもくれ！」

大鍋で作った漁師汁は、飛ぶように売れていった。

アジとサバの料理も同じくらい売れている。

他の商品もよく売れており、これは思っていた以上の繁盛ね。

みんなに臨時ボーナスを出せそうだわ。

こんな感じで私たちは、毎朝早朝に漁港で魚を仕入れてから下処理し、お店に戻って調理を開始。

昼食の時間から店をオープンさせ、夕方前に閉店。

一週間に一度は定休日という生活を始めたのだけど、それが三週目になった時、私たちは思わぬトラブルに巻き込まれることになるのであった。

第二話　ヨハン来襲

「ここは俺の店だ！　余所者《よそもの》は出て行きな！」

「そうだ！　ヨハンさんの言うとおりだ！」

「祖父《じい》さんを騙《だま》して、安い家賃で阿漕《あこぎ》に稼ぎやがってよぉ！」

「あんたたち、誰？」

「女ぁ！　度胸だけは一人前だな！」


その日も普通に営業をして、商品が売り切れたので閉店してあと片づけをしていると、若い男性三人組に因縁をつけられてしまった。

ついにこのお店にも自警団が？

一応、砂浜近くの町を拠点にしている自警団には挨拶には行ったんだけどなぁ……。

こういう時に備えて……親分さんはやっぱり気が利くわ……親分さんが紹介状を持たせてくれたのでそれを見せたら、もの凄く安いお金を納めるだけで済んだのは幸いだったけど……。

どうやらこの三人組。

自警団の人たちじゃなかったみたい。

「こらっ！　この店はちゃんと許可を貰《もら》っているんだ！　若造どもが邪魔するな！」

ちょうど見回りに来ていた本物の自警団の人が――実はそんなにトラブルもないので、ただ町の自警団の人たちが交替で食事をとりに来ているような――すぐに三人組を止めてくれたのは幸いだった。

「その姐《ねえ》さんは、この店の持ち主であるブランドン爺さんにちゃんと賃料を払って営業している。ケチをつけるな」

「俺はそのブランドンの孫だぞ！　年老いた祖父さんを騙して、安い賃料で阿漕に稼ぎやがってよ！」

「それは言いがかりよ！　第一、あなたたち家族は誰も、ブランドンさんのお店を継がなかったじゃないの！」

そもそも、最初からあんたがお店を継いでいれば、私たちはここでお店をやることはなかったはず。

儲からないからと言ってお店を継がなかったくせに、私たちが繁盛させたら文句を言いに来るなんて、男の風上にも置けない奴だわ。

背は高く、日焼けした顔はとても精悍《せいかん》で、手には銀のブレスレット、首には金のチェーン。着ているアロハ風の半袖シャツの下からは、筋肉質の太い腕が見える。

チンピラみたいな手下たちを連れているし、間違いなくロクでもない男ね。

うん、きっとそうよ！

痩せて背が高い方を手下その1、太っていて背が低いのが手下その2でいいわね。

「確か、ヨハンとか言ったわよね」

「俺を呼び捨てにするな！　女！」

「女だぁ？　あんたこそ失礼にもほどがあるわ！　私にはユキコって名前があるのよ！」

「やんのか？　コラぁ！」

「おいっ！　これ以上はやめろ！　そうでなければ……」

自警団の人たちは怖い表情を浮かべ、ヨハンたちを脅し始めた。

ちゃんとショバ代を貰っている客に被害が出たら、それは自警団の名折れ、オマンマ食い上げだからだ。

お店をやっている人たちは自警団に対し、ようやく得た利益の中からショバ代を払う。

それは自警団が自分のお店を守ってくれると信じているからこそで、もし不心得者から被害を受けているのに自警団が打つ手なしだったら、次からはショバ代を支払ってもらえないのだから。

自警団は、ショバ代とメンツのためなら鬼にもなるというわけだ。

「なんだ？　自警団員ごときが俺とやるのか？」

「ヨハンさん、自警団と揉《も》めるのはまずいよ」

「そうだよ。もしこいつらを倒せても、次は終わりだ」

自警団が、素人たちに仲間をボコボコにされて黙っているわけがない。

必ず仕返しに来るはず。

ヨハンの手下たちは、その危険性を指摘したわけだ。

「とにかく、この姐さんはちゃんと筋を通しているんだ。ブランドン爺さんだって、このまま店が閉まっているよりは、たとえ期間限定でも経営してくれる姐さんに感謝していると聞いたぞ」

「うるせえ！　俺は祖父さんの孫だぞ！　祖父さんが騙されているのを見ていられるか！」

「一ヵ月間だけ限定で店を経営するだけだってのに、騙されたもクソもあるか！　店も家も、人が使っていなければ早く駄目になってしまうんだ！　ブランドン爺さんだって、姐さんに感謝しているはずだ！」

自警団の人、的確なことを言ってくれているのだけど、まだ十六歳の私を『姐さん』呼ばわりしないでほしい。

これも、親分さんの紹介状効果ってやつなのかしら？

「大方、姐さんが店を繁盛させているから惜しくなったんだろう。お前みたいな半端者が店をやっても、決して上手《うま》く行かないだろうな」

きっと、自警団の人たちはこれまでに色々なお店を見てきたのであろう。

ヨハンの企《たくら》みを一瞬で見抜いてしまった。

「もしかして、ブランドンさんの時はこんなに繁盛していなかったのですか？」

「そうだな。ブランドン爺さんも腕は悪くないんだが、なにしろメニューが少なくてな。一人でやっていたから仕方ないんだけど」

ボンタ君の質問に、自警団の人はすぐに答えてくれた。

親族の人たちは大変で儲からないという理由で、このお店を誰一人として手伝っていなかった。

ブランドンさんが腰を痛めて引退しても、やはり誰も跡を継がない。

ところが、私たちが期間限定でお店を開いたら予想以上に繁盛しているので、孫のヨハンは一日でも早くお店を返してほしくなった。

これが真相というわけけね。

「ヨハンがお店をやるの？」

「だから、俺を呼び捨てにするなって！」

「あんたにつける『さん』なんてないわよ。で、どうなの？」

「俺は祖父さんの孫だ。この店は祖父さんのもので、だからこの店を継ぐ権利がある！」

「そうだ！　ヨハンさんは料理も上手なんだからな！」

「お前みたいな女が経営している店よりも、きっともっと繁盛するぜ」

ヨハンは調理経験があるのか……。

手下その1とその2がその下で働けば、なんとかお店はやれるわけね。

「いいわよ。今日でこのお店を出て行くから」

「えっ？　いいのか？」

どうやらヨハンは、私たちが素直に店を明け渡すとは思わなかったようだ。

かなり驚いた様子で、本当なのかどうか尋ねてきた。

「いいも悪いも、ヨハンはブランドンさんの孫で、このお店を継ぐ権利があるわ。やる気があるのならやってみれば？」

「ようし！　明日からは俺がこの店の店主だ！　インゴとデルクも手伝いを頼むぞ」

「ヨハンさん、任せてください」

「こんな女がやってた時以上の繁盛店にしましょうね」

ちゃんと美味しい料理が作れれば……作れなくても、最初はこの砂浜に一軒しかないお店だし、海水浴客は一見《いちげん》さんも多い。

お客さんがいなくて困るということはないはず。

ただそれに胡坐《あぐら》をかいていると、お店は簡単に潰れてしまうんだけど。

「姐さん、いいんですかい？」

「いいわよ。元々お店の賃料が破格だったから」

ブランドンさんは、この砂浜のお店がなくなるのが嫌だった。

親族が誰も継いでくれなくて寂しがっていた時に、私が短期間でも借りてお店をやると言った。

それが嬉《うれ》しかったから、最初は無料で貸すなんて言ってきたのだと思う。

トラブルの原因になるかもしれなかったから賃料は支払ったけど、それが正解だったみたい。無料で借りていたら、もっと大事にされた可能性もある。

「うちとしては、姐さんたちの事情はヤーラッドの親分さんから聞いているので、できれば王都の問題が解決するまでは、ここで店をやってほしかったんだけどな」

自警団の人たちは、海水浴客たちの警護も担当しているそうだ。

小人数ながら人を配置しているけど、ここには食事がとれるお店が一軒しかない。

少し前まではブランドンさんのお店で、今は私たちのお店だ。

私たちがお店を閉めるといちいち食事をとりに町に戻るか、お弁当を持参しなければならないらしく、できる限り私たちにこの砂浜で商売をしてほしかったみたい。

「よければ姐さんも、この砂浜で店をやってくれませんか？　うちの親分に掛け合って、明日からのショバ代は無料にしますから」

「いいの？」

このお店では商売できなくなったけど、無料で砂浜で商売をしていいことになった。

ラッキーね。

「ウチのシマで迷惑をかけてしまいましたから。それに、明日から連中が店をやるので、そこからキッチリ徴収します。勿論《もちろん》支払えないなんて甘えは許されませんので。自分ならもっと繁盛させられると我々の前で大見得を切ったのですから、ちゃんと実行してもらいましょう」

「それもそうね。私たちは、お店がなくてもなんとかしてみせるわ」

実は算段はついているから、提案がなくても新店舗をオープンさせる予定だけど。

それにしても、ショバ代が無料でいいなんて儲かっちゃったわ。

「姐さんは、色々と便利な魔法が使えるんですね。今回の件についてはうちにも責任があるので、店を用意してもいいんですけど、本当に場所だけでいいんですか？　勿論賃料もみかじめ料も取りませんよ」

「他の場所でお店をやると、あのヨハンに逃げたと思われて嫌なのよね。私よりも繁盛させると大見得切ったんだから、私が隣でお店をやっても問題ないはずよ。調理器具や設備はこちらで用意できるから、それよりも人材の紹介をお願いできると助かるわ」

「それに関しては、間違いなく用意しておきます」


翌日。

私の新店舗は、店主がヨハンに変わったお店から数十メートル離れた場所に無事再オープンした。

とはいえ、ただ砂浜の一角を自警団から無料で借りただけだけど。

『食料保存庫』に調理器具として保管していたテントを張り……キャンプ用ではなく、運動会で使われているようなテントだ。出店を出すこともあると思って、以前に頼んで作ってもらっておいてよかった……コンロなどの調理器具なども魔力で動くものを使っている。

食器も、あのお店に置かれていたものが使えなくなったから、『ニホン』のものを使用すればいいわね。

この世界で、留守中のお店に置いておくと盗まれるかもしれないから、全部『食料保存庫』に入れておいてよかったわ。

模擬店みたいだけど、これはあくまでも臨時の店舗で、しかもこの砂浜はそんなに強い風は吹かない。

これで十分というわけ。

「メニューは昨日と同じ。焼きそばは『海鮮塩焼きそば』も増やしたけど」

私の食材の扱いと、お店の繁盛ぶりを聞いた漁師さんたちが他にも色々と魚介類を売ってくれるようになったので、新メニューを考案してみた。

「最初は少し暇でしたけど、すぐにお客さんが増えましたね」

「美味しいものには、必ずお客さんがついてくるものなのよ」

最初はヨハンのお店にお客さんが殺到していたけど、すぐにこちらのお店も満員となった。

ボンタ君は、二つの鉄板の上で忙しそうに二種類の焼きそばを焼いている。

「姐さん、やっぱり繁盛していたか」

「焼きそば、うめえ」

「新商品かぁ。明日からどちらを食べようか、悩むよなぁ……」

お昼を少しすぎた頃、自警団の人たちが遅めの昼食を買いに来た。

みんな、新商品である海鮮塩焼きそばの大盛りを美味しそうに食べている。

「ヨハンのお店はどんな感じかしら？」

「それが、意外と繁盛していますよ。味は……悪くないけど、あれならブランドン爺さんの作った料理の方がいいかな？　もちろん、姐さんのとは比べものにならないな」

意外にもと言うと失礼だけど、ヨハンはそれなりの料理は作れるようね。

それなら、最初からお爺さんに弟子入りしてお店を継げばよかったのに……。

「でも、あの客たちは姐さんが呼び寄せたおかげじゃないですか」

この海に来て、最初にあの店で食べた人たちは、今日もあのお店に行っているはず。

でも昨日までとはメニューと味が全然違うから、満足できずにこちらにやって来た人も多いわけか。

「あのお店、三日保つかしら？」

「三日後の様子が、すぐ脳裏に思い浮かびますね……」

「自業自得ですよ。ユキコさんがお客さんを集めたお店を、契約途中で奪い取ったのですから」

ヨハンはヤンチャ系イケメンだけど、ララちゃんも、ファリスさんも彼にいい印象を持ってない。

まあ当然だけど。

「ブランドン爺さん、このことを知っているのかな？」

さすがに知っていたら、ヨハンを叱りつけるはず……いや意外と孫には甘いかもしれないかぁ……。

「とにかく、他所は他所。うちはうちですから」

「そうですね。僕は焼きそばを焼くのに忙しいので」

「私はジュースの氷と、カキ氷を作るのに忙しいです」

「お客さんは次々と来ますからね。注文取り、頑張りますよ」

新店舗は、初日から移転前と変わらない売り上げを叩《たた》き出《だ》し、翌日からはさらにそれを上回る売り上げをあげるようになったのであった。

「忙しいですね、ユキコさん」

「自警団に紹介してもらった、アルバイトの人たちがいて助かりました。僕も焼きそばを二種類一緒に焼かずに済んで助かってますよ」

「氷作りだけに集中できるようになりました」

新店舗はさらに繁盛し、今では自警団に紹介してもらったアルバイトを数名使っているほどであった。

自警団の人たちは、ヨハンの件では本当に申し訳ないと思っているようで、よく働くアルバイトたちを紹介してくれて助かったわ。

本当にいい人たちを紹介してくれたと思う。

「で、あっちのお店は？」

「もうほとんどお客さんがいないようです。女将さんの予想どおりですね」

というか、ボンタ君を含め全員が同じ結末を予想していたと思うけど……。

「とにかく、うちはうち、他所は他所よ。今日も頑張って沢山売りましょう」

ララちゃんがアルバイトの女の子たちを指揮しながら売り子をし、ボンタ君は男性アルバイトたちと調理に集中。

ファリスさんは忙しそうに、魔法で氷を大量に作っていく。

今日も忙しい一日が始まるけど、毎日砂浜で寝転がるのは性に合わない。働いて、美味しい物を食べて、たまに休みを満喫するくらいがちょうどいいと思うのよ。


「……おかしい……どうして客がいなくなったんだ？」

「ヨハンさん、今日はたまたまですよ」

「心配ないですって。あの女の店がなくなれば、また繁盛しますって」

「そうだな、あいつらはじきにいなくなる。そうすれば、この店も……。なんてったって、祖父さんの店だからな」


様子を見に来てみたけど、甘っちょろいことを言っているわね。

私たちを追い出し、新たにヨハンが店主となって始めたお店だけど、三日もしたらもう閑古鳥が鳴いていた。

初日の盛況ぶりからの急展開で、ヨハンはかなり動揺しているみたいね。

もっともその兆候は二日目から表れていたけど、ヨハンたちは気がつかなかったみたい。

危機が現実となった三日目。

ヨハンの手下たちは、私たちが臨時のお店を畳めばすぐにお客さんは復活すると言ってヨハンを慰めているらしいけど、最初は『あんな女の店には負けない』と大言を吐いていたくせに。

見た感じ、ヨハンの料理の腕前はそう悪くはない。

ブランドンさんに習っていたか、以前に飲食店で働いていた経験があるのかも。

だけどお祖父さんには遠く及ばないわけで、しかもその前には料理の腕前はともかく、新しいメニューで勝負していた私たちがいたのだ。

ブランドンさん以下の腕前でしかないヨハンでは、すぐにお客さんが来なくなって当然よ。

「僕たちがいなくなれば……かぁ……」

「無理ですよね？　女将さん」

「ユキコさんのやり方を真似《まね》る人が出ますからね」

「そうね……」

なぜなら、今となってはブランドンさんだけがお店をやっていた時と大きく条件が変わってしまったからだ。

私たちのやり方を見て、それを真似しようとしている人たちが出てきた。

自警団に紹介されたアルバイトの人たちだけど、彼ら、彼女らは、新しく飲食店をやりたいと思っている人たちや、すでに町などで飲食店をやっている人の家族や従業員だったりした。

ヤケにテキパキと働くと思ったら、経験者だったというわけ。

みんな懸命に、私たちのやり方を覚えようとしている。

このあと私たちがいなくなっても、ヨハンのお店のライバルはいなくなるどころか増えていく一方のはずで、今のままなら新規にお店を立ち上げた人たちにも負けてしまうはず。

つまり、このままではヨハンたちに未来はないということ。

「とにかく、今を凌《しの》げばなんとでもなる！」

なるわけないけど、言っても無駄だろうなぁ……。

「ユキコさん、戻りましょうか」

「そうね、うちのお店は忙しいから」

いつまでもお客さんもいないお店の視察をしても仕方がないので、私たちは自分たちのお店に戻った。

「店長さん、よく売れていますよ」

「それはよかったわ」

自警団が推薦してくれたアルバイトの人たちは、お店を少し留守にしても不都合なくお店を回していた。

みんな、経験者だから飲み込みが早い。

「砂浜の出店はそんなに売り上げもないと聞いていたので、ブランドンさんのお店の独壇場でしたけど、やり方次第なんですね。店長さんのお店が閉まったら、僕たちも頑張ってやってみますよ」

「お魚の締め方と処理の方法は、とても勉強になりました。うちの実家の食堂で真似したら、魚料理が美味しくなったって、お客さんに好評で」

「うちは、砂浜での出店は難しいけど、お弁当を売ればイケるんじゃないかって」

さすがは経験者たち。

自分たちなりに、うちのお店を参考に新しい商売を考えていた。

多分私たちがこの砂浜に来なくても、そのうち新しいお店ができて、ヨハンは詰んでいたかも。

いや、私たちがいなければ、そもそも彼はお店を継ごうと思わなかったのか……。

彼の場合、私たちがお店を繁盛させたのを見て、きっと欲が出たのだと思う。

しかもあのお店は、自分の祖父であるブランドンさんのものだった。

言いがかりをつけて私たちを追い出し、そのあとお店をやれば儲かる程度にしか考えていなかったのだと思う。

「どちらにしても自業自得ですよ。ユキコさん、あんなの放っておきましょう」

「僕たちが手を差し伸べても、向こうが受け入れないというか……そんな義理もないですしね」

「大言壮語した責任は取った方がいいですし、私たちも忙しいですからね」

確かに三人の言うとおりで、私たちがヨハンに手を差し伸べる義理なんてないわ。

今日もお客さんが沢山来るだろうから、頑張ってお仕事しないとね。


「今日はどうでした？　あのお店」

「日々お客さんが減っていますね。女将さんが直接偵察に行くと、機嫌が悪いから絡まれるかもしれません。僕たちに偵察を任せて正解でしたね」

「将来のライバル……になる前に、自滅しそうですけど」

このところの日課となりつつある敵情偵察だけど、私が見に行くと揉めそうなので、アルバイトの人たちが交代で行くようになった。

私は、一人焼きそばの麺を打つ。

素人なので細い麺を均一に切るのは無理だけど、わざとゴワゴワの縮れ太麺にして小麦の風味を強調し、濃いめの味の自家製ソースと塩ダレで全体を纏《まと》めていく。

やはり麺料理は、麺が美味しくないとね。

私たちのお店はアルバイトの人たちが戦力になっているので、私も安心して麺の改良に勤《いそ》しめるというものよ。

で、ヨハンのお店に偵察に出したアルバイトの人たちが戻って来たのだけど、もう閉店前日って感じみたい。

その様子だと、私たちがいなくなる前にヨハンのお店は終焉《しゅうえん》を迎えそうね。

「思ったよりも早く駄目になりそうね」

「客のフリをして購入してみましたが、二度は買わないかなってレベルです」

飲食店って、美味しくても最初はお客さんがつくまで時間がかかることもあるけど、味が落ちてお客さんがいなくなるのは一瞬だ。

だからみんな、苦労してお店の味を守る努力をしているというのに……。

ヨハンは私たちよりも不味《まず》い料理しか出せないし、真似してジュースなんて売っているけど、氷を用意できないのでぬるいジュースを出していた。

海水浴に来ている人に温かい飲み物ならともかく、ぬるいジュースなんて出したら、お客さんが飛ぶに決まっているのに。

「ファリスさんみたいに、氷で魔法を出せないからね。あのヨハンは」

「でも、それなら氷を作れる魔法使いを雇うのが、飲食店経営者の常識ですよ」

ヨハンはお金がなかったのか、その辺の費用をケチっていた。

だから余計にお客さんが飛んでしまったのだと思う。

「明日以降はもっと悲惨でしょうね……」

氷が作れる魔法使いを雇うお金すら惜しむヨハンが、明日以降の運転資金を持っているわけがない。

そしてここは暑いので食材の足が早く、料理が売れないと廃棄の量が増えてしまう。

ああもお客さんが来なければ、今度は間違いなくメニュー数を削減し、食材に費用をかけなくなる。

味がいいわけでもないのにメニュー数が減ってしまえば、ますますお客さんはいなくなり……と、あとは潰れるまで負のループを繰り返すだけだ。

「じきに、あの手下たちの日当も出せなくなるでしょうね」

そうなれば彼は一人になってしまい、ますます出てくるメニューの数と質は落ちていく。

「あと三日が限界ね」

これは、私が予言者だからとか、飲食店に詳しいからわかるわけではない。

素人でも少し頭を巡らせれば、子供にでもわかる結末というやつね。


そして、ヨハンがお店を開いてから一週間後。

海水浴客は、誰一人として彼の店に近寄らなくなった。

一週間ぶりに、冒険者のスキルを生かして密《ひそ》かにお店を探ってみたら、もう店内には誰もお客さんがいないのね。

「こんなはずでは……」

「ヨハンさん……」

「すまない、インゴ、デルク。もう何日もお前らに日当を出せていないのに……」

「いえ、いいんですよ」

「そうそう。俺ら、インゴ、ヨハンさんには子供の頃から世話になっているから」

「どうせ半端者扱いで、家族からも白い目で見られていますから、なにをしていても問題ないんで」

お客さんがゼロなのは予想どおりだったとして、意外だったのは手下二人が日当を出せないヨハンの下で働き続けていることであった。

この二人、インゴとデルクって言うのね。

初めて知った……そういえば前にヨハンが名前を呼んでいた気も……痩せた手下その1がインゴで、太った手下その2がデルク。覚えやすくはあるわね。

それにしても、日当を出せないヨハンの下で働き続けているなんて。

ヨハンはどうしようもない奴だけど、あの二人には慕われているわけか。

「残念だが、もうこの店を続けるのが難しくなった。お前らに日当すら出せやしない。俺は店を閉めるから、お前らはちゃんと給金が出るところで働け」

「ヨハンさんはどうするんですか？」

「まだ盛り返せますよ。三人で頑張りましょう」

「残念だが、それは難しい――」

「そのくらいは理解できているようだな」

「祖父さん？」

ヨハンがもう店を畳むしかないと手下たちに語っていたその時、お店に杖《つえ》をついたブランドンさんが姿を見せた。

やっぱり、痛めた腰はまだ治っていないようね。

「祖父さん、どうしてここに？　痛て！」

「「ヨハンさん！」」

杖をついて歩くブランドンさんにヨハンが近づいた瞬間、ブランドンさんは持っていた杖でヨハンの頭に強烈な一撃を入れた。

突然のことと、かなり強烈な一撃だったようで、ヨハンはその場に倒れ込んでしまい、手下たちが悲鳴に近い声をあげた。

「勝手なことをしやがって！　ワシはユキコさんに、一ヵ月の『契約』でこの店を貸したんだ！　まがりなりにも商売をしようと思っている奴が、双方合意の元に結んだ契約にケチつけて、賃貸物件を奪い取るなんて前代未聞だ！　お前は町中の笑い者なんだぞ！」

「でも、賃料があんなに安いなんておかしいじゃないか……」

「ワシは一旦店を閉めた身だ。たとえ一ヵ月でも、空き家だった店を開けてくれるユキコさんに感謝したからこそ、ワシは彼女に相場以下の賃料でこの店を貸したんだ！　ワシは無料でもいいと言ったのに、ユキコさんはそれはよくないと言って、ちゃんと賃料を払ってくれた。それをお前が横からケチつけて追い出したもんだから、今、お前の評判は地に落ちている。前も決してよくなかったが、今は最悪だ！　自警団も敵に回したな。そんなザマで、どうやってここで商売をするってんだ！」

ヨハンが失敗したのは料理の質だけでなく、地元住民からの評判を地に落とし、自警団も怒らせてしまったこと。

だから自警団は、私の新しいお店で働くアルバイトたちもすぐに揃えてくれたのね。

そして将来、私のお店で色々と覚えた人たちが、飲食店オーナーとしてのヨハンを完膚なきまでに叩き潰すわけか。

自警団、実は結構エグイわね。

敵に回すと、そういう手で潰しに来ることもあるのだから。

「でもよぉ、一ヵ月だけ続けても結果は同じようなものじゃないか。なら、俺が……」

「お前は一週間でこのザマじゃないか！　お前が店を継ぎたいと最初から言っていれば、ワシはお前を後継者に据えるべく動いていた！　お前は昔からそうだ！　なにをしても中途半端で続かない。それほど不器用でもないのに、どこかで行き詰まるとすぐに諦めてやめてしまう。調理だって、他の店で働いて覚えたのはいいが、中途半端だからユキコさんと比べられてしまってこの有り様じゃないか！」

「……」

「挙句に、ユキコさんが店を成功させているのを見て、それを奪い取れば成功できると安易に判断して契約を汚した。もうお前は終わりだ。町やこの砂浜では二度と商売はできない。この店は、他の人に貸すか売ることにする」

ブランドンさんは、ヨハンに店を継がせることはないと断言した。

「そんなぁ……でもさぁ……この店は、亡くなったローザ祖母《ばあ》さんとの思い出がある店じゃないか」

亡くなった奥さんとの思い出のお店かぁ……。

ブランドンさんの奥さんは、もう亡くなっているのね。

「その思い出を、お前が潰したようなものだろうが！」

ブランドンさんは、さらにヨハンを杖で殴りつけた。

「俺だって、俺なりに祖父さんのこの店のことを考えてこうしたんだ！　そりゃあ、俺はなにをやっても続かず、親父《おやじ》や兄さんや伯父さんたち、従兄弟《いとこ》たちにまでバカにされて……あいつらは、ちゃんと仕事をしているから……」

ブランドンさんの息子さんやお孫さんたちは、全員他の仕事をしていて、このお店を継がなかったわけね。

それはそうか。

飲食店はやり方がよければ儲かるけど、儲けるには継続して努力しなければならない。

他に働けるところがあるのなら、そこで働いた方が気楽ではあった。

どの仕事も大変だけど、食料管理や調理に接客。やることは非常に多い。お客さんが来なくて借金する羽目になったり、ついには潰れて破産してしまうなんて心配はないのだから。

ヨハン以外の親族は、ブランドンさんのお店を継ぎたいと思うほど魅力的ではないと思った、というわけね。

他の飲食店が、砂浜での商売をブランドンさんに独占させていたのは、ここで参入しても最悪共倒れだと思っていたから。

でも、提供する商品を考えれば商売になることを、私たちのお店で気がついてしまった。

だから、私たちの臨時店舗にアルバイトを出している。

それがわかるブランドンさんは、それがわからないヨハンに引導を渡しに来たわけだ。

「とにかく、店を閉めるのならちゃんと掃除をしておけ！　汚したまま閉めたら、ワシはお前らを許さないからな！」

そう言い残すと、ブランドンさんは覚束《おぼつか》ない足取りでお店を去った。

足が悪いのに、町まで歩くのかしら？

町まで送ってあげられたらいいのだけど、私たちが姿を見せるわけにいかない。

なぜなら私たちは、こっそりと二人の様子をうかがっていたのだから。

「戻りましょうか？」

「呆気《あっけ》ない幕切れですね」

「そうね……他に言うことが思いつかないわ」

ボンタ君にそう答えながら自分たちのお店へと戻ったのだけど、それからすぐ、私たちは予想だにしなかった依頼を、予想外の人物から受けることとなったのであった。

第三話　依頼

「店のことは大変に申し訳ない！　うちのバカ孫がとんでもないルール違反をしたのも確かだ！

こんなこと頼める義理がないとわかってはいるんだが、ワシの依頼を引き受けてはくれないか？」

「私がですか？」

「ユキコさん、あなたにしか頼めないことなのだ」

「と言いますと？」

「あのバカ孫がちゃんと店をやれるように教育してやっちゃくれないか？」


お店に戻って今日も沢山のお客さんを相手にしていたら、そこに杖をついたブランドンさんが姿を見せ、私に頭を下げた。

お店の賃貸契約違反のことをヨハンの代わりに謝り、さらに私にあのお店の梃入《てこい》れ、コンサルティングのようなことを依頼してきたのだ。

「当然、無料ではない！」

と言うと、ブランドンさんはかなり大きな革袋を差し出す。

そこには結構な数の金貨が詰まっていた。

「ブランドンさん、これは？」

「今のワシの全財産だ。老後の資金だな」

「ですが、もし失敗したら……」

「足は悪いが、どこかの店で動けなくなるまで下働きくらいはできるだろう。砂浜での商売に可能性を感じたお店も多いから、最悪店を売ればいい」

これまでに貯《た》めた全財産を報酬として差し出し、あのヨハンの教育とお店の梃入れを私に依頼する。

もし失敗したら、ブランドンさんは老後の資金をすべて失うだけでなく、最悪あのお店を手放さなければならないかもしれない。

あのヨハンにそこまでする価値があるのか、私には判断がつかなかった。

でも一つだけわかるのは、ブランドンさんがとても真剣だということ。

「ブランドンさん、やめた方がよくないかな？」

お店でアルバイトをしている、町の飲食店経営者一族の若い男性が、顔見知りであるブランドンさんに親切心から忠告をした。

あれだけやらかしたヨハンにそんな大金を使うだけ無駄で、そのお金はちゃんと老後の資金として取っておいた方がいいと。

聞けばブランドンさんは、十年ほど前に亡くなった奥さんと共に、あのお店を五十年以上もやって来たそうだ。

そんなブランドンさんに対し、町の飲食店経営者たちは敬意を払っていた。

だからこそ余計に、彼の名を汚すヨハンに対し批判的で、彼に大金を使うなど愚の骨頂だと思っているのであろう。

「私もやめた方がいいと思います」

「私も、あの人がちゃんとお店を経営できるか疑問です」

「僕も難しいんじゃないかと……」

ララちゃんも、ファリスさんも、ボンタ君も、ヨハンに大金を使うのは無駄でしかないと思っているみたいね。

私もそう思うのだけど……。

「ブランドンさんは、ヨハンの可能性が見えているのですか？」

そうでなければブランドンさんも諦めるはずなんだけど……でも、彼も普通のお祖父さんで、孫に甘いだけなのかもしれない。

ブランドンさんの考えをちゃんと確認しておきたいと思った。

「確かにヨハンはバカだ。ワシの孫たちの中で一番のバカだ。でも他の孫たちは、たとえ一度でもワシと亡くなった妻ローザとの思い出が詰まった店を継ぐとは言わなかった。欲から出たのかもしれないが、あいつだけなんだ。ワシとローザの思い出が詰まった店を残したいと言ってくれたのは……」

他のお孫さんたちはヨハンよりも頭が回るからこそ、面倒で儲からなそうなお店を継ぐとは言わなかった。

ヨハンも飲食店の経験があるものの、すぐにやめてしまっている。

本当にお店を継ぐつもりがあったなら、修業を続けていたんじゃないかとも思う。

でも、彼のやる気と才能は、本人にしかわからない。

「それにあの二人だ」

「ええと、インゴとデルクでしたっけ？」

「あいつらも、ヨハンと同じくバカで半端者だ。でもヨハンを慕っていていつも一緒にいる」

慕って……そういえば、もうヨハンの資金がショートして日当が出せないと言っても、あの二人は決してお店をやめなかった。

給料が出なければ生活できないのに、彼らはヨハンを見捨てない。

普通ならあり得ないことよね。

「あんなバカでも、慕ってついて来てくれる奴らがいる。ワシはまだヨハンに可能性があると信じたい」

う────ん。

そう言われると、確かにそうかもしれない。

普通なら、インゴとデルクは逃げ出しているはずなのだから。

「でも、ヨハンはすでに問題を起こしていますから。特に自警団を敵に回しています。少なくとも、この地元で飲食店の経営は難しいのでは？」

せっかく私たちが臨時店舗で稼いでショバ代を納めていたのに、それがヨハンの横やりでなくなったのだ。

自警団はヨハンを恨んでいるはず。

他の飲食店関係者たちにも呆《あき》れられている。

もし上手くお店を経営できるようになっても、地元で店を開くのは難しいはずだ。

「それなら昨日、ワシが自警団と話をつけてきた」

「どうも姐さん。今日も大繁盛だな」

まるでタイミングでも見計らっていたかのように、顔見知りの自警団の人が姿を見せた。

……どうやら、なにがあっても私はずっと『姐さん』扱いのようだ……。

まだ私は十六歳なのに……。

「どうした姐さん、今日は体調でも悪いのか？」

「そんなことはないけど」

あなたが私を姐さん呼ばわりしなければ、私はもっと元気だけどね。

「ならいいんだ。ブランドンさんがヨハンの代わりに詫《わ》びを入れてきてな。同時に最後のチャンスを頼み込んできた」

「最後のチャンス？」

「そう。あの店の立て直しを姐さんが了承し、ヨハンが成長してきちんと店を経営できるようになったら、自警団も町の飲食店のみんなも水に流す。できなければヨハンには町を出て行ってもらう」

これまた、随分と厳しい条件を出したわね。

もし私が断ったらどうするつもりなのかしら？

でもブランドンさんは、ヨハンがやり遂げると信じているのであろう。

「というわけで自警団としては、姐さんがブランドンさんの依頼を受けることに対し、特に反対意見はないどころか面白そうだなって思うわけだ。姐さんがヨハンをビシバシ鍛えている間は、あの店のショバ代も勉強するってことで、引き受けてくれたらいいなと思うわけだ」

自警団は、私を砂浜の産業活性化に利用するようね。

「……はあ……わかりましたよ。引き受けますが、私は厳しくやりますよ。特にあのヨハン相手には」

ララちゃん、ボンタ君、ファリスさんは、別にスパルタにしなくてもちゃんとやってくれるからそんなことはしないけど、ヨハンとあの二人には、最初から厳しくしないと駄目だろう。

もしかすると、それで逃げ出してしまうかも。

「そうなったらそれまでのこと。報酬の返還は無用。ワシが愚かなだけだったのだから」

「わかりました。では厳しくやらせていただきます！」

となると、今は少し離れた場所でやっているこの臨時店舗もお店のすぐ隣に移すかな。

両方見ないといけないし、どうせ厳しくやるのなら、うちのお店でこき使いながらやればいいのだから。

「というわけで、私はブランドンさんより依頼を受けました。このお店は再び私たちが経営するのですが、同時にあなたたちは修業を兼ねて下働きです」

「はあ？　どういうことだ？」

「どうもこうも。言葉のとおりよ」

私は、ヨハンに対し事実をそのまま伝えた。

肝心のヨハンは、いまいちわかっていないようだけど……。

「私はあなたを一人前の店主にするよう、ブランドンさんから依頼を受けた。高額の報酬が発生しているので私はちゃんとやりますが、あなたが修業が辛《つら》くて逃げ出してしまう可能性もあるので、そうなったらこの依頼は終わりです」

「高額の報酬？」

「ブランドンさんが出したのよ」

「この女！　祖父さんを騙しやがったな！」

ヨハンは、本当に短絡的というか……お店が上手くいかなかったせいで頭に血が上っているのかしら？

私に摑《つか》みかかろうとしたけど、ボンタ君によって取り押さえられていた。

ボンタ君は強いなぁ……。

これで私を、お母さん扱いしなければ最高なのに……。

「時間が惜しいので簡潔に言うと、あなたは色々とルール違反を犯して、このままだと地元を出て行った方がマシな状況なのよ。それをブランドンさんが、どうにかあちこちに頭を下げて最後のチャンスを貰ってきたってわけ。あなたがこのチャンスを逃せば、もう二度と地元でお店なんてできないし、あなたを雇うところもないはず。つまりここを出て行かなければならない」

「俺がここを追い出される？」

「当たり前でしょうが！　自分がしたことを思い出しなさい！　あなたたちが考えている以上に契約やルールという言葉は重いのよ」

私が合図をすると、ファリスさんがヨハンの頭上に魔法を用いて水を作り、それが彼の頭に落ちてズブ濡《ぬ》れになった。

これで頭を冷やせばいいけど……。

「冷てぇ！」

「冷静になったかしら？　私たちはいつ店を畳んで出て行くかわからないので、修業は通常の店舗経営と並行して行います。明日からこのお店で新しいメニューを出すので、まずはヨハンたちはこのお店を綺麗に掃除すること」

「掃除なら、今の今までしていたぞ！」

「そうだ！　そうだ！」

「横暴だぞ！」

「不合格よ！」

たちまちヨハンたちが抗議してきたけど、私は不合格だと断言した。

飲食店を経営するに際し、まずは毎日お店を清潔に保つのは常識だ。

私たちが最初に店を借りた時、お店は隅々までよく掃除されていた。

ブランドンさんがやったのだと思うけど、それに比べたらヨハンたちは駄目ね。

大まかなところはちゃんとやってあるけど、見えないところや細かいところが全然駄目だ。

「見えないからいいかとか、そこまで細かくやる必要はない、という言い訳は聞きたくないです。明日までにちゃんと掃除しておくように。日中に終わらなければ、夜寝ないでやってください。明日の朝、ここで新メニューの仕込みを行うので、汚いままだと許しません」

「明日？」

「私たちだって暇じゃないし、あなたたちだってもう資金にも余裕ないんでしょ。これからは一日でも無駄にしません。文句ある？」

「わかったよ……」

ヨハンには、ハッキリ言わないと駄目みたい。

そして、彼が動けばインゴとデルクも動く。

まずは掃除をして明日からのリニューアルオープンに備え、臨時店舗という名の屋台もお店の隣に移してこれまでと同じメニューを出す。

ヨハンのお店の方は新メニューにした方が、アルバイトたちの不満も少ないだろう。

ヨハンたちが屋台と同じメニューをそのまま出せば、新規参入しようとしている町の飲食店からの反発が大きくなるのだから。

この砂浜で、もはや新規参入は避けられない。

そこで、ヨハンには新しいメニューを出すお店をやらせる。

ブランドンさんから高額の報酬を得ているので、まあこれはサービスというやつね。

ヨハンが新メニューを安定して作れるようになり、インゴとデルクを従業員として上手く使いこなし、お店を黒字にする。

それができなければ、彼は地元にいられなくなるだけなのだから。

「なお、日当はないです」

「はあ？　それは酷《ひど》いだろうが！」

「勘違いしてない？」

「なにをだよ？」

「私はあなたたちを教育しているのよ。のちに、このお店で新メニューを出せるように。どうして従業員じゃない人たちに日当を支払う必要があるのかしら？」

屋台のアルバイトたちは、ちゃんと仕事をこなしているので日当が出ている。

けれど、ヨハンたちはそうではない。

私たちにお金を支払って……ブランドンさんが出したけど……教わる立場なので、日当など出るはずがないのだ。

「三食の賄いは出すわ。どうせ休日なんてないから、日当を得ても使う機会がないけどね」

「休みもナシだと！」

「逆に聞くけど、休んでる場合なの？」

我ながら酷いと思うけど、このくらいやらないとインゴとデルクはともかく、ヨハンが覚悟を決めないであろう。

ある種のショック療法だ。

「あなたが一人前になれば、好きに休みを設定すればいいわ。それでお店が繁盛しようと潰れようと、それはあなた自身の責任なんだから。でも今の私には、あなたを教育する責任があるの。とはいえダラダラと教える時間的な余裕もないし、高額とはいえ何年も教えるほどの報酬とも言えない。ある程度の期間で目途が立たなかったら、私は知らないわ」

「無責任だぞ！」

「そうだ！　無責任だ！」

ヨハンに代わり、インゴとデルクが文句を言ってきた。

最後まで責任を持って、ヨハンを一人前にしろってことかしら？

「確かにブランドンさんが出した報酬はそれなりに高額だけど、私も従業員たちを抱えて商売をしているの。いつまでも芽が出ない人を教えている余裕はないわ。もし何年も面倒を見てほしかったら、その十倍は貰わないと割に合わないわ。いつまでも上達しないヘボに何年もかかわっていたら、こっちの商売に影響が出るもの。安い報酬でアドバイスしてくれる人に頼む？　わかっていると思うけど、そんな人はあなたたちと同類よ。それっぽいアドバイスだけして、報酬を貰ってトンズラ。

結局なにも変わらなかったというのが関の山ね。どうする？　ここから逃げて別の場所で商売でも始める？　今のあなたたちだと、また同じ失敗を繰り返すと思うけど」

「「「……」」」

彼らにはストレートに言った方がいい。

実際に私の言葉を聞き、ヨハンたちは完全に項垂《うなだ》れてしまった。

今の自分たちの置かれた状況をようやく理解したようね。

「で、どうする？　やめてもいいけど。ブランドンさんはバカな孫に大金を注《つ》ぎ込んで失敗して、周囲の人たちも『やっぱりこうなったか』と納得する。それで、あなたたちはここにいられなくなって三人で逃げ出す。他所で新しい店を開く……のは難しいわね。無一文のあなたたちにお金を貸す人なんていないわ。いたとしても怖い金貸しで、返せなかったら鉱山か遠距離航海の船員じゃないかしら？」

他所から逃げて来てなんの実績もないどころか、マイナス評価のヨハンに金を貸す人なんて、なにか別の思惑があるとしか思えない。

一生借金を返すため、悲惨な境遇になるのは目に見えていた。

じゃあ、まともに働いてお金を貯めて店を開いたら？

最初からそれができる人であれば、ヨハンたちは今こうなっていない。

だからブランドンさんは、今回が最後の更生の機会だと思ってお金を出したんだと思う。

「やってやる！　年下の小娘のくせに偉そうに言いたい放題！　俺が本気になったらどれだけ凄い

か、目にもの見せてやるぜ！　インゴ、デルク。ここは耐え忍んで、この店を祖父さんが経営していた時以上に繁盛させるんだ！　お前らも頑張れ！　将来必ず支店も出すからな！　お前らは支店長候補だ！」

「ヨハンさん！　俺も頑張るよ」

「ほえ面かかせてやるからな！」

よくも悪くも、ヨハンたちは単純であった。

私の挑発に、計画どおり乗ってくれたのだから。

「じゃあ、掃除は頼むわね。それと、これからは女呼ばわりはやめてちょうだい。わかった？」

「ピカピカにしてやるぜ！　店長さんよ！　やるぞ！」

「「おおっ！」」

これなら大丈夫そうだ。

私たちは、明日からその綺麗になったお店で出すメニューの下準備に取りかかることにしたのであった。

第四話　スープカレー

「ユキコさん、これは？」

「スープカレーよ」

「『かれー』ですか？　僕も初めて聞く料理名です」

「スープの色が黄色いんですね」

「でも癖になるような香りがしますね。これはいいかもしれません」

私は、お店の横に移設した屋台の中で明日お客さんに出す料理を作っていた。

ブランドンさんのお店の中で調理しなかったのには、私なりの計算があってのこと。

屋台で出す料理を仕込んでいたララちゃんたちが、徐々に周囲に漂い始めるカレーの匂いに興味を持ち始めたみたいね。

カレーは香りが命なので、ララちゃんたちが気になって様子を見に来たということは大成功というわけ。

明日も、その香りに釣られて多くのお客さんたちが集まって来るはずよ。

「ユキコさん、もしかして距離を離していた屋台をお店の隣に移すのって……」

「そういうことね」

今、ヨハンたちが懸命に掃除しているブランドンさんのお店では、このスープカレーを出す予定だ。

屋台では前と同じ品を出す。

すでに好評な屋台にお客さんが集まると、お店から漂うカレーの匂いを必ず嗅ぐことになる。

すると、かなりの割合で新メニューであるスープカレーを試しに食べてくれるはず。

一度食べさせてしまえば、もうあとはこちらのものである。

たとえ世界は違えど、カレーの魔力に勝てない人は多いはず……今、外で調理していたのはララちゃんたちの反応を見るためってわけ。

「スープを黄色くする素は、町で売っている香辛料ですか」

ここは王都よりも暖かく、漁港の他にも交易をする港もあるので、海外から入って来た香辛料がかなり安く売られていた。

地元で栽培されたり、採取される香辛料も多く、カレー粉の調合には好都合だったというわけ。

カイエンペッパー、胡椒《こしょう》、ニンニク、ショウガ、クミン、コリアンダー、クローブ、シナモン、カルダモン、ナツメグ、オールスパイス、キャラウェイ、フェンネル、フェヌグリーク、ターメリック、サフラン、パプリカなど。

地球と名前が違う香辛料もあるし、同じものもあった。

ファリスさんによると、魔法薬の材料になるものもあるそうだ。

ただ、そこまで重要な材料ではないそうで、値段はかなりお得……サフランとかは高価だけどね。

そんなに沢山使わないからいいけど。

あとはこの世界に飛ばされて来た時、死の森で採取できたものもあった。

胡椒とか、ウコンとか、その他にも色々と。

ハーブ類なども野生種があって大量に採取してあり、試験的に調合してみたけど、やっぱりお祖父ちゃんに教わったカレー粉の調合が一番かな？

色々と配合を変えて試作すれば、また別の結論が出るかもだけど、今のところは私が知っているカレー粉でいいでしょう。

「女将さん、鍋が二つありますね」

「そうよ。お肉とシーフードの二種類だからね」

カレー粉だけでは塩気も出汁《だし》も出ないので、カレーでは上手に出汁を取ることも必要だった。

市販のルーには塩も出汁も入っているけど、ここで手に入るわけがないのだから。

スープカレーにしたのは、やはりお米がないから……。

パンに浸して食べてもらうので、トロミはつけなかった。

ああ……カレールーにトロミをつけて、ジャポニカ米でカレーライスにしたい。

でもこの世界でも、探せばあると思うんだよね、お米。

「一つは、ワイルドボアやキルチキンの骨やスジ肉などで取った出汁に、下ごしらえしたワイルドボアとウォーターカウのモツや筋肉を入れてトロトロに煮込んだもの。メインの具材として、バラ肉の角煮が入ります」

角煮は醬油などを用いず、スープカレーの味に合うように煮込んであった。

「ユキコさん、お野菜は？」

「野菜は別に加熱してあるの」

一緒に長時間鍋で煮込むと、煮崩れてしまうから。

甘みを出すタマネギやハチミツなどは入っているので、野菜は茹《ゆ》でてから火で炙《あぶ》り、お客さんに提供する直前に入れる。

そうすれば、具としての野菜も存分に楽しめるというわけ。

もう一種類は、ツテができた漁港から仕入れた魚介類を用いたシーフードカレーにする。

こちらは、魚の骨やアラ、貝、甲殻類の殻などで出汁を取り、やはり具である魚介類は長時間煮込まないようにする。

野菜も、お肉のカレーと同じ扱いね。

「肉か魚か、自由に選べるようにしたわ」

この二種類のスープカレーを、私は大鍋で作っているというわけ。

「夕食に試食しましょう」

「楽しみです」

「僕もです。どんな味がするのかな？」

「この香りだけで堪《たま》らないですね」

夕方になって明日から営業する屋台の設営やら準備も終わったので、私はアルバイトたちにもスープカレーを賄いとして提供した。

「これ、もの凄く美味しいですね」

「パンに浸して食べると最高！」

「この辛みが癖になりますね。ワイルドボアのバラ肉もホロホロで、この辛いスープを吸って美味しいです」

「これが新メニュー……親父の店でも出したいなぁ」

「いつも思うんだけど、女将さん、若いのによく色々と新しい料理を思いつくよなぁ」

「香辛料っていえば、料理に入れる『雑ぜ粉《まこ》』だけど、アレ、健康にいいって言われているけど不味いからなぁ」

「どんな料理に入れても不味くなるんだけど、お袋や祖母さんが『健康にいいんだから食え！』ってうるさいのなんのって」

「美味しい香辛料の調合ってのもあるのかぁ」

ララちゃんたちのみならず、飲食店経験があるアルバイトたちにもスープカレーは好評だった。

ブランドンさんはかなりの大金を報酬として出したので、このくらいはね。

問題は、ヨハンがこのスープカレー二種を毎日安定した味で出せるかどうか。

あと修業も兼ねているので、当然他の課題も出す予定だ。

「あの三人にも賄いを出しますか。契約のうちだからね」

私たちは、お店の掃除が終わったのか、スープカレーを持って様子を見に行ってみた。

「綺麗になったわね。やればできるじゃないの」

「まあな……」

今度は、ちゃんとお店を綺麗に掃除できたようね。

やればできるわけだ。やろうとしないだけで。

「お店を綺麗に保つのも、店主の大切な役割よ。あなたたちが一週間で汚すから」

私たちがブランドンさんからお店を借りた時、お店はちゃんと掃除されていて綺麗だった。

私たちもちゃんと掃除して綺麗さを保っていた。

だけど、ヨハンたちが一週間営業しただけで店は汚くなった。

ちゃんと掃除ができない店主のお店に、お客さんが入るわけないのだから。

「これからは毎日こまめに掃除すれば、ここまで手間はかからないわよ。毎日ちゃんと掃除すればね」

「言われんでも」

「じゃあ、夕食の賄いね。これを明日から出すから」

私たちは、ヨハンたちにスープカレーを賄いとして提供した。

「なんか、えらく黄色いスープだな。雑ぜ粉じゃないのか？　アレが入ると茶色いし、不味いんだよなぁ」

この地域では、粉末にした香辛料を適当に混ぜたものを、健康にいいからと、適当に料理にぶち込むみたいね。

ヨハンたちも、雑ぜ粉を嫌っているみたい。

「雑ぜ粉は健康にはいいとは言うけどなぁ……あっでも。いい香りがする。癖になる香りかも」

「ヨハンさん、これ辛いけどうめえ！」

「デルク、本当か？　確かにもの凄く美味しい」

ヨハンたちは、スープカレーを貪るように食べていた。

夕食が終わると、今度はこのお店をスープカレーのお店にするための準備だ。

明日オープンなので、急ぎ準備しなければ。

スープカレーももっと大量に作らないと。

「インゴとデルクは、とにかく材料の下ごしらえを続けなさい」

「包丁の使い方が違う！　こうですよ！」

「「はいっ！」」

インゴとデルクは飲食店で働いた経験がないみたいで、ボンタ君から包丁の使い方から厳しく指導を受けていた。

ヨハンがメインで調理するにしても、この二人も調理補助くらいできるようにしなければ、お店を回しきれないからだ。

「あなたは……基礎はできているのね」

材料の下ごしらえ、出汁の取り方は、まあ合格といった感じだ。

となると、あとは私が指導できる間に、あの作業ができなければ話にならない。

「黄色い粉？」

「これが、このスープカレーの命。カレー粉よ」

『かれーこ』かぁ……」

ヨハンは小瓶に入ったカレー粉を、神妙な目つきで見つめ続けていた。

「で、試験はこれを自前で調合できるかどうか。色々な香辛料を粉末にして配合したものだけど、どんな香辛料をどのくらい使っているのか。この小瓶の中身を参考に、自分で調合できれば合格」

「調合できればか……」

「このカレー粉が、このスープカレーの味に決定的な影響を与えるわ！　出汁の取り方とかもそうだけど、基本的なものは作れるし、それはあなたがあとで研究すればいい」

「研究を続けるのか？」

「当たり前じゃない。もし今私が試作したスープカレーをあなたが完璧に作れるようになったとして、他の飲食店が真似しないと思う？」

「いや、それはない……」

「他のお店がもっと美味しいものを作ってしまえば、またすぐにお客さんが飛んでしまうわよ。あなたがこのお店をずっと続けたければ、一生新しい美味しさを追求しなければ駄目。大変だから、嫌ならやめてもいいけど」

「ここで退けるか！　カレー粉の調合、やってやるぜ！」

さすがに覚悟を決めたのか。

ヨハンは、私の試験を受けると宣言した。

「明日からお店の営業は続けるから、研究は閉店後になるけど……」

寝る時間以外はずっと仕事なので、まあブラックな期間になるはずだ。

それでも大丈夫なのかと、私はもう一度念のために聞いてみた。

「どうせ休みでも遊びに行く金なんてねえよ！　ちゃんとお店に定休日が作れて、店が黒字になってから遊べばいいだろうが」

「わかっているのならいいわ。あと……」

「あとなんだ？」

必ずしも、私とまったく同じ調合にする必要はないと、ヨハンに言っておいた。

「どういうことだ？」

「私の調合は、別にこれで完成品というわけではないわ。私もたまに調合の研究をしているけど、忙しいからなかなかできないのも事実なのよ」

もしかしたら、ヨハンがもっと美味しいカレー粉を調合できるかもしれない。

それができたら、それでも合格というわけだ。

「よくよく考えてみたら、私はこの地では余所者よ。この地方の人たちが好むカレー粉を調合できるのは、この地方で生まれ育ち、調理経験もあって、ブランドンさんの孫であるあなたかもしれない。難しい道のりだけど」

「なるほど。俺にその可能性があるのか。やってやらぁ！　それとな！」

「なによ？」

「俺は『あなた』じゃねえ！　ヨハンと呼べ」

「わかったわ、ヨハン」

「店長、俺はやるぜ！」


ヨハンが覚悟を決めた翌日から、お店はスープカレーの専門店になった。

近くに屋台を移動させたため、それ目当てにお客さんが集まり、お店から漂うカレーの匂いに釣られて次々とお客さんが入ってくる。

「肉を三つね！」

「俺は魚で、彼女は肉ね」

次々とお客さんが入ってきて注文が入る。

そのうち行列ができてきて、その対応も新しい仕事として加わった。

「初日から大盛況ですね」

「忙しいです」

「この料理は美味しいからなぁ……」

「ヨハンさんの料理も悪くないんだけどなぁ……肉三つお待たせしました」

ララちゃん、ファリスさん、インゴ、デルクは注文取り、スープカレーの盛り付け、配膳でてんてこ舞いの忙しさであった。

「女将さん、これ翌日の分はもっと仕込まないと」

「ヨハン、大丈夫？」

「やる！　店長がいる間に、一人でも多くのお客さんに食べさせて味を覚えさせる。俺は必ずこの味を安定して作れるようになってやる！」

随分とやる気を出しているけど、私が強めに言った効果が出たのかしら？

「えっ！　品切れ？　向こうの砂浜で遊んでいたら、この店の話を聞いたんだけど……」

「申し訳ありません」

「今日は泊まるから、明日食べる！　絶対に食べる！」

「お待ちしております」

夕方、品切れで閉店となってしまった。

まだ食べられずにいた人たちは悔しがっており、明日必ず食べるのだと言いながら町に戻って行った。

「これは予想以上の人気ね」

明日に備えて、もっと仕込まないと駄目ね。

どうせこのお店に泊まり込むし、仕込みはみんなでやれば沢山できるはず。

「ヨハンさん、どうです？」

「苦いなぁ……これは駄目だな」

デルクにカレー粉配合の進捗状況を聞かれ、答えるヨハン。

夕食のあと、私たちはスープカレーの出汁を取りながら夕食やデザートを食べて取り留めのない話をしていたけど、ヨハンだけは真剣な表情で各種香辛料を摺《す》り下ろし、色々と調合してその味を見ていた。

香辛料は私からの提供だけど、ブランドンさんが代金を出したようなものか。

真剣にやっているから、彼も満足だと思う。

それと、ヨハンは思っていた以上に舌がいい。

もしかすると、ブランドンさんの料理人としての血をちゃんと継いでいるのかも。

だから彼は、ヨハンに最後のチャンスを与えたのではないだろうか。

他の孫たちは、絶対にお店を継いでくれないだろうから。

「どう？」

「大人の味を目指して少しビターにしたんだが、これだと子供に受けない。辛みもありすぎると困るな」

「ああ、それね」

お客さんの中に意外と子供が多かったので、明日からは『甘口、中辛、辛口』も選べるようにしようと思う。

カイエンペッパー、胡椒、ニンニク。

このあたりの量を調整すればいいし、そのレシピも持っている。

大鍋では甘口で作って、最後の仕上げで辛みを調整すれば問題ないのだから。

それ用の小さい鍋やコンロにも余裕があった。

古いけど、このお店はとても使いやすいのだ。

ブランドンさんは奥さんを亡くしてから一人でお店をやっていたから、自分で改良を加えたのだと思う。

「よく考えつくな」

「私のお祖父ちゃんの知り合いに教わったのよ」

その人は、お祖父ちゃんが獲った猪《いのしし》や鹿の肉を使ったカレーを限定メニューで出すカレー屋さんだった。

私もよくお祖父ちゃんと食べに行っていて、店主さんに基本的なカレー粉の調合を教えてもらったのだ。

「勿論、そのお店の細かい調合レシピは秘密だったけどね」

「秘密なのか……」

「だって、料理人はソースの調合レシピを秘密にするじゃない。それと同じよ。でも、自分で新しい味を作り出さなければ秘密もクソもないわ」

「それはそうだ。店長、俺はやるぜ！　地元の連中が好む、改良型のスープカレーを完成させて、このお店で出せるようにする」

そして、それから一週間。

ヨハンは、暇さえあればカレー粉の調合を試していた。

その間、スープカレーの仕込み、調理、配膳、行列の整理などとよく働いており、これならブランドンさんも満足するはずだ。あとはヨハンが課題をクリアして、町の人たちにも認めてもらえるかどうか。

「屋台も繁盛してるな。店の隣にあるのに」

「それはそうよ」

砂浜にはまだここしかお店がないし、屋台でスープカレーは出していないからメニューも被《かぶ》っていない。

選択肢があった方が、お客さんもよく集まるというわけ。

「冷たいジュース、カキ氷、あとは海鮮焼きとかも人気ね」

ジュースとカキ氷は、スープカレーのあとのデザートに。

海鮮焼きは、もう一品欲しいという人向けであった。

漁港から仕入れたイカ、魚、貝、エビなどを網で焼いたものに、塩ベースのタレをかける。

新鮮な魚介類を用いた海鮮焼きも、海水浴客に人気だった。

むしろ、これを食べに砂浜に来ている町の人たちもいたほどだ。

「なあ店長」

「なに？　ヨハン」

「もしもだが、俺がカレー粉を完成させたら、店長は町とかでお店をやる気とかあるのか？」

「それは……」

私のお店は王都にあるからねぇ……。

今は事情があってお店を開けないでいるけど、きっとお爺さんや親分さんが骨を折ってくれているはず。

「王都のお店には、私のお店の再開を楽しみにしてくれている人たちがいるから、状況が落ち着けば戻ると思う」

「そうか……あっ、でもよ。もし努力の甲斐《かい》もなくっていうか……どうにもならない事情で、お店が再開できない可能性もあるじゃないか。店長もそういうリスクを考えておく必要があるというかさ」

「それはそうね」

「そうなったら、こっちで店をやればいいさ。祖父さんも俺も大歓迎だし、物件探しも協力するからさ」

「考えておくわ。でもその前に、ヨハンがちゃんとカレー粉の調合を完成させないと」

「おおっ！　俺はやるぜ！」

さらに数日後。

ついにヨハンは、カレー粉の調合を完成させた。

試しにスープカレーに使ってみると、私が調合したカレー粉を使ったスープカレーよりもお客さんに好評だった。

「美味しさは同じだと思うけどな。この地方の人たちにはこっちの方が好まれるんだ」

「あとは、このカレー粉を使ったスープカレーを、自警団の人たちと、町で飲食店をやっている人たち、そして私の依頼者であるブランドンさんに試食してもらいましょう。覚悟できてる？」

「おうよ！　インゴ！　デルク！　お前らも手伝ってくれ」

「任せてください、ヨハンさん！」

「俺たちも少しは腕を上げましたからね、頑張りますよ」


ヨハンがカレー粉を完成させた次の日の閉店後。

彼が調合したカレー粉を用いたスープカレーが、招待された地元の人たちに提供された。

「私が調合したカレー粉で作ったスープカレーもあるので、味を比べてみてください」

自警団の人たち、町で飲食店をやっている人たち、そして依頼者であるブランドンさんは、ヨハンたちが手際よく調理する様子に感心しつつ、配膳されたスープカレーを試食し始めた。

「「「「「「「……」」」」」」」

「あれ？　駄目か？」

「いや、姐さんが調合したカレー粉を用いた従来のスープカレーよりも、お前が作ったスープカレーの方が俺は美味しいと思う。わずかな差だが、認めざるを得ないな」

やはり、地元の人間であるヨハンの方が地元の人たちの舌に合うカレー粉を調合できたわね。

ヨハンは舌もいいからなぁ。

「これは認めざるを得ないな。ブランドンさん、あんたの賭けは成功のようだな」

「それはそれとして、悪いがこちらもカレー粉の研究に入らせてもらうぜ」

「よくよく考えてみたら、体にいいからってだけで、多くの香辛料を適当に混ぜただけの雑ぜ粉が、カレー粉に勝てるわけないか」

「みんな、昔からの伝統だから特別な日の料理に仕方なく雑ぜ粉を使ってたんだけど、カレー粉なら美味しくて多くの香辛料をとれる。こっちの方がいいよな」

多くの香辛料を適当に混ぜただけの雑ぜ粉は、たとえ不味くても、昔から健康にいいと言われているから仕方なく使っていたのね。

「ううっ……」

「ブランドンさん、どうかしましたか？」

みんな、ヨハンの作ったスープカレーを認めてくれたのに、どういうわけかブランドンさんだけがスープカレーを口に入れた途端泣きだしてしまい、自警団の人も困惑していた。

「ブランドンさんよ、ヨハンはちゃんと試験に合格したじゃないか。どうして泣くんだよ？」

「祖父さん、もしかして年だから、辛いのが駄目だったのか？　甘口に変えるか？」

「んなわけあるか！　ワシを年寄り扱いするな！　これで亡くなったローザも安心するだろうと思ってしみじみしておれば、このバカ孫が！」

「酷くないか？　祖父さん？」

「ふん、まあ合格点はくれてやる。お前は問題を起こして駄目になるところをユキコさんに救われ、町の人たちに許された。ここがスタート地点なのだから頑張れよ」

「当然だぜ！」

「ユキコさん、大変世話になった」

「店長、本当に感謝するぜ」

「合格よ。これからは自分のカレー粉を使ってちゃんとお店を繁盛させてね」

「やりましたね、ヨハンさん」

「俺ら、これからもヨハンさんと一緒に頑張りますよ」

思った以上にヨハンたちは頑張って、短い期間で課題をクリアーした。

あとは、私たちが一切手伝わずに数日営業させてみて、問題がなければブランドンさんの依頼は終了ね。

どうやら心配する必要はなかったみたいで、ヨハンたちは自分で集めてきた従業員たちと一緒に無事にお店を切り盛りし、これにて私が受けた依頼は無事達成となったのであった。


ついに私たちが、砂浜を去る日がやって来た。

自警団の人たち、屋台でアルバイトをしてくれた人たち。

そして、仕込みのわずかな間を利用してヨハンとブランドンさんも見送りに来てくれた。

「これからは、ヨハンが全部自分一人で決めないといけないから大変ね」

「店長のように完璧にできるかわからないけど、今はお店を繁盛させることだけを考えるさ」

「それが一番かもね」

「いつか、王都に支店を作りたいと思っているんだ」

王都でスープカレーのお店かぁ……。

イケるかもしれないわね。

「うちのお店の競合相手にならなければ大歓迎よ。じゃあ、私たちはこれで」

「ユキコさん、大変世話になった。ワシも安心して隠居できるってものだ」

「失礼ですけど、私たちに支払った報酬がなくて大丈夫ですか？」

あの報酬は、ブランドンさんの隠居費用だったはず。

これからの生活は大丈夫なのかしら？

「ヨハンが、絶対にワシに返すって言うのでね。あまり期待もせず、半分戻れば御の字でしょうがな」

「ちゃんと返すよ」

「そういえばヨハン。ユキコさんに、王都で支店を出せるようになったら一緒に……」

「ああっ、なんでもない！　俺は仕込みがあるから！　またここに寄る機会があったら、必ず店に寄ってくれよな！　じゃあな！　祖父さん、町まで送っていくから」

ブランドンさんとヨハン。

仲直りできてよかったわね。

でもいいわね。

お祖父ちゃんが元気で。

他のみんなとも別れの挨拶を終えた私たちは、早速、商魂逞《たくま》しく何店舗か営業を始めた砂浜の屋台を見ながら、次の目的地へと向かうのであった。

第五話　いざお米への道！

「スープカレーで火がついた私は、お店の再開はまだ大分先だってお手紙が来たことだし、カレーをもっと美味しくする食材の探索と確保を優先したいと思います！　実は町である情報を聞いたのよ」

「で、この港町まで来たんですね」

「そうよ、ララちゃん。ここに、私の求める食材があるのだから」


スープカレーをパンに浸して食べると美味しいけど、日本人として生まれたからには、トロミをつけたカレーを炊いたご飯の上に載せるカレーライスにしなければならない。

というか、いい加減お米が食べたい。

日本のお米ほどの美味しさは期待していないけど、それならカレーライス、チャーハン、ピラフ、雑炊他。

調理して美味しく食べればいいのだから。

王都ではまったく噂《うわさ》を聞かなかったお米だけど、町で香辛料を取り扱っているお店の店主さんが、有力な情報を教えてくれた。

ここよりさらに南の海に浮かぶ島において、お米に似た作物が採れる場所があると。

ただ、大半がその島の中でしか食べられていないそうで、外部の人間は滅多に口にできないとも。

ならば王都のお店が営業できない今こそ、その島に行ってお米を確保しなければ。

砂浜がある町を出た私たちの次の目標は、南の海に浮かぶお米が採れる島よ！


「えっ？　あの島には行かない方がいい？」

「ああ。今あの島を統治しているラーフェン子爵家は色々と揉めていてな。家宰派と父親の急死で跡を継いだ若様を支持する家臣たちの間で対立が深まっているのさ。余所者は間諜《かんちょう》扱いされるかもしれないから、やめておいた方が無難だぜ」

「お家騒動かぁ……」

いまだ大衆酒場『ニホン』の再開の目処《めど》は立っておらず、ならば漁港で聞いたお米を栽培しているという島を目指した私たち。

ところが島への船が出ている小さな漁港に到着したのはいいけれど、そこで島に近づくのは危険だと漁師のおじさんから忠告されてしまったのだ。

島を支配するラーフェン子爵家は現在お家騒動の真っ最中だそうで、余所者が入り込むとどちらかのスパイだと疑われ、下手をすれば酷い目に遭うかもしれないそうだ。

今、あの島に行くのはやめなさいと忠告されてしまった。

「人を信じられなくなるなんて、不幸な話ね」

「あの島は隠れた観光スポットでもあったんだが、そのせいで外の人間は誰も近づけなくなってしまったんだ」

「じゃあ、観光で稼いでいた人たちは困るわね」

「それだけじゃねぇ。島の人間も島の外に出られなくなってしまった。外でこの騒動のことを触れ回ったり、対立派閥の連中と密会してなにか企むかもしれないってな。島の漁師たちも困ってるだろうな。ここに魚を売りに来れなくなってしまったからよ」

「酷い話ね」

「こっちだってとても困ってるんだよ。島の近くの海域はいい漁場なんだが、当然権利はラーフェン子爵家が持っているからな。島の漁師たちが魚を持ち込めないからって、代わりに俺たちが獲るってわけにはいかねぇから」

どうりで、寂れた漁港だと思ったら……。

あっ、でも。

元々小さな漁港だから、島の騒動の件を聞かなかったら、こんなものかと思っていたかも。

「王国が知ったら、介入するんじゃないかしら？」

地図によると、ラーフェン子爵領は辛《かろ》うじて王国の貴族らしい。

ここは王国領の南の果てに近いから、王国に属した時期は大分遅いそうだ。

遠方で王国の目が届きにくい貴族領だからこそ、お家騒動を続けていられるとも言えるのか。

でもお家騒動を放置したら、王国の貴族統制が緩いと他国に思われ、色々と工作されてしまうかも。

とはいえ、平民でしかない私たちが心配するようなことではないか。

ましてや、それを私たちが解決しようだなんて思うこと自体がおこがましいのだから。

偉い人たちもそれを望んでいないどころか、平民が余計な口を出すなって言うだろう。

最悪罰せられてしまうかもしれないし、そういう難しいことは偉い人たちに任せるのが一番ね。

「ユキコさん、どうします？」

「そうねぇ……」

島に渡れない以上、私たちは一日でも早くお家騒動が終わることを祈るしかない。

なにしろ、あの島には『お米』があるのだから。

「女将さん、この町で待ちますか？」

「他に、女将さんが探している『おこめ』のヒントがない以上、ここで待つしかないと思います」

ファリスさんの考えが正しいんだろうな。

あっ、でも彼女のことで一つ気になる問題があったのだ。

「ファリスさん、本当に魔法学院は大丈夫なの？」

随分と長い期間私たちと一緒なので、いくら試験の成績がよければ大丈夫とは聞いていてもねぇ……。

「大丈夫ですよ。私、優等生なので」

「優等生なのは知っているけど……」

平民なのに魔法の才能に秀でていたからこそ、ファリスさんは貴族出身の同級生たちに虐《いじ》められていたのだから。

「出席日数は、魔法学院に提出するレポートで代用できるんです。女将さんの魔法って、色々と参考になるんですよね。講義に出席するよりも勉強になりますし、提出したレポートもいい評価を得られているので、しばらく魔法学院に行かなくても問題ないですよ。講義内容は、参考書を見れば理解できますから」

ファリスさんは、記憶力がよくて勉学も得意な優等生なのか……。

私の学業成績は、本当に普通だったからなぁ……。

しかも、放課後と休日の大半を狩猟採集生活にあてていたので、校内でも変わり者扱いだった。

それで虐められていたわけではないけどね。

友達もいなかったわけではないし。

愛子《あいこ》と和美《かずみ》と美紀《みき》。

元気にしているかなぁ……。

私が突然いなくなって心配しているかも。

「ならいいんだけど。じゃあ、ここで待つ……」

「おじさん、ここに観光地はありますか？」

ララちゃんが、漁師のおじさんに質問した。

「お嬢ちゃん、島に渡れない以上、こんな寂れた漁港に観光スポットがあると思うかい？」

「……思いません」

「だろう？」

漁師のおじさんの回答を聞き、ララちゃんはガックリと項垂れてしまった。

そんなに観光がしたかったのかしら？

「ユキコさん、またなにか商売でもしますか？」

「それしかないかもね」

私も含めたみんな、間違いなく貧乏性なんだと思う。

寂れた漁港でノンビリ過ごすなんて性に合わず、砂浜の時と同じく、またなにか食べ物を売って時間を潰し、お金を稼ごうとしてしまうのだから。

第六話　巡検使とお家騒動

「へぇ、こらぁ便利だ。是非買わせてもらうぜ」

「毎度あり」


島に渡れるようになるまでの間。

私たちは、小さな漁港で商売をしながら待つことにした。

とはいえ、ここは人口も少なく、この漁港に一軒だけある酒場からお客さんを奪うのはよくないという結論に至った。

そこで、この漁港にもいる自警団の人たちと相談して、その酒場に串焼きを卸すことにしたのだ。

お肉、内臓、野菜など。

カットして串に刺し、あとは焼くだけという半製品を酒場に卸す。

私たちは焼いて売る手間が省け、酒場はカットした材料を串に刺す手間が省ける。

モツの味噌煮込みもひと鍋いくらで売り、これも温めてから器に盛るだけの状態にした。

早速、新メニューということで販売を始めたけど、追加注文が入るくらい人気となっていた。

ここは漁港のため、酒場も魚料理が多くて、肉料理がほとんどなかったからというのもあると思う。

「私たちは逆に、この港町で食べるならお魚の方がいいわね」

「ユキコさん、そろそろ焼けてきましたよ」

漁港に滞在中、私たちは一晩いくらで空き家を借りて生活していた。

宿屋に泊まる手もあったけど、それだと朝と夜の食事が必ずついてきてしまうと聞き、自炊できる空き家を借りることを選んだというわけ。

自炊すると言ったら、とても安く貸してくれたのはありがたかった。

もっとも空き家の持ち主であるお爺さんによると、長年借り手がいなかった空き家なのでとてもありがたい申し出だったそうだ。

その日も半製品の串と味噌煮込みの大鍋……最初は小さな鍋で売っていたけど、足りないから大鍋にしてくれと言われてしまった。儲かるからいいけどね……を酒場に納品して代金を受け取ってから、私たちは夕食をとることにした。

「漁港の利点は、お魚が安いことね」

「女将さん、この料理は初めて見ますね」

「ブイヤベースよ」

安く仕入れた新鮮な魚介類を贅沢《ぜいたく》に使ったブイヤベース。

それと、やはり捨て値で売られていたイワシに似た魚を用いた『丸干し』。

今丸干しは、ボンタ君が七輪に似た調理器具で焼いているところだ。

あとはパンとサラダ……やっぱりお米が欲しいわねぇ……。

やはり日本人は、お魚にはお米だと思うのよ。

「いい魚介の出汁が出ていて美味しいですね」

丸干しが焼き上がり、ボンタ君はそれを大皿にのせてテーブルに出してくれた。

そして彼は、美味しそうにブイヤベースを食べながら、パンを食べるという作業を繰り返している。

パンがブイヤベースの海鮮風味豊かな出汁を吸い、いい味を出しているのだ。

私はお米に吸わせたいけどね……。

パンは、この漁港にある老舗のパン屋さんから買ってきた焼きたての美味しいパンだけど、やっぱり物足りなさを感じてしまう。

お米があればなぁ……。

「ユキコさん、オコメに拘《こだわ》りますね」

「お米、食べたい……」

「あの島に行けないと無理ですよ」

「そうなのよねぇ」

だいたい、その島を支配している……いや、できていないでお家騒動中のラーフェン子爵家が悪いのよ。

漁港の人たちから、さらに詳しい事情を聞いたんだけど。

先代当主の急死でまだ十歳の子供が新当主となったのはいいが、いきなり領地を完全に統治できるわけがなく、成人するまで新当主の従兄である人物が家宰となって島を統治するようになった。

それに不満を抱く自称忠臣たちが、新当主を旗頭に家宰の権限を奪おうとしているみたい。

でもそれって、新当主が子供だから仕方がないような……。

自称忠臣たちだけど、ただ単に家宰さんの権力を奪って自分が美味しい思いをしたいとか？

でも逆に、家宰さんが領地の実権を完全に握って美味しい思いをしているのかも。

噂だけでは、どっちが悪いのかなんてよくわからないけど、だからと言って全員が全員正しいわけではないのだから。

でも新当主の成人後、家宰さんが実権を手放さなかったら、そこで動けばいいのにと思ってしまう。

下手に王国に介入されたら、最悪、統治能力不足ということで改易されてしまうかもしれないのだから。

家宰さんは、彼らが王国に訴え出て事態が悪化するのを避ける意味で、島民たちが島から出ることを禁止したのかもしれない。

あまりいい策ではないけど、それしか手がなかったとか？

「ま、私たちがあれこれ考えても、仕方がないわね」

とにかく私は、一日でも早く島に渡りたいのよ。

そして私にお米をプリーズ！

ただそれだけが私の願いなのだから。

「このバラ煮込みも人気のメニューなんだ。俺があと三十年若ければ、うちのカミさんじゃなくて、お嬢さんにプロポーズしたかもな」

「あんたじゃ、お嬢ちゃんはイエスって言ってくれないわよ。鏡で顔見たことあるの？」

「そりゃないぜ。夫に向かってよ。まあわかってたけどよぉ……」

「「「「「「「「ははははっ！」」」」」」」」


今日もこの漁港の名物らしい、酒場を経営している夫婦の漫才みたいなやり取りを聞きながら、新メニューであるワイルドボアのバラ肉の角煮を納品する。

私の料理は醤油と味噌がないと作れないけど、塩味の角煮やモツ煮込みの作り方を酒場の奥さんに教えることになった。

私たちがいなくなっても、これを出せばお店は繁盛するはず。

その代わり、私は奥さんから美味しい魚の塩煮の作り方を教わっている。

この料理は魚を塩と水で煮ただけの料理なんだけど、奥さんの作る塩煮はとても美味しいのだ。

確か沖縄にも、『マース煮』という塩の煮魚があったのを思い出した。

「美味しいけど……」

「どうかしたの？　お嬢ちゃん」

「お米が欲しいです」

「あの島のお野菜でしょう？　たまに手に入った時に茹でてサラダに入れるけど、そんなに美味しかったかしら？」

　このあたりでは、お米は野菜扱いなのか……。

　茹でてサラダに入れる。

　そのせいか、奥さんもお米を美味しいものだとは思っていないようね。

　お米は、とてつもないポテンシャルを秘めているというのに……。

「そのうち、お家騒動も終わるわよ」

「――それは無理だな」

　私たちの会話を遮るようにして、一人の青年が話に加わってきた。

　どうやら彼は、私たちと同じく余所者のようね。

　いかにも旅人といった格好をしており、肩近くまで伸ばした青い髪と眼鏡が目立つ、インテリ系イケメンといった印象を受ける。

　彼は四人がけのテーブル席を一人で占拠し、エールと串焼きと角煮を楽しんでいるけど、これがイケメンだから絵になるのよ。

「格好いいお兄さん、あんたはどうしてそう思うんだい？」

「あの島の情勢は完全に均衡状態にある。それが大きく変わるには、幼い当主が成人するか、当主としての自我が目覚めた時であろう。つまり、少なくともあと数年後の話だ」

奥さんの質問に、青い髪の眼鏡イケメンさんは淀《よど》みなく答えた。

確かに幼い現当主が当主としての実権を持っていない今、彼自身が当主としてラーフェン子爵家を差配できるようにならなければお家騒動問題は解決しない、と彼は思っているのね。

「あの島は、食料の自給自足が可能という点も大きい。別に外とつき合いがなくても島民たちが飢え死にする心配はないから、今の状況を維持できる」

漁師たちはこの漁港に魚を売れず、現金収入が減って不満かもしれないけど、それで飢え死にすることはない。

島の領民たちが、反乱を起こす覚悟で家宰に対抗する……といった空気も感じられない。

島の様子がわからないので断言はできないけど、私たちが思っているほど領民たちに不満がないのかも。

そうでなければ、いかに王国に自領の混乱を知られたくないとはいえ、島を閉じてしまうなんてあり得ないのだから。

「状況が動かないのであれば、これは自分で動かすしかないか……」

「えっ？　お兄さんがですか？」

「お兄さん……なぜか君に言われると悪い気がしないな。この漁港の串焼きと角煮はとても美味しくて定期的に食べたくなる味だが、いつまでもこの酒場に通っているわけにはいかないか……。そろそろ動くかな」

このお兄さん、もしかしてそういう事件を解決する系の人？

姿格好はハンターや旅人に見えるけど、こう上品な雰囲気を感じるのよね。

育ちがいい……高貴な身分の人かな？

「巡検使などというものは、ちゃんと王国全土を隈《くま》無く監視していますよ、というアリバイ程度に思っていたのだけど、まさか本当に仕事があるとはね」

このお兄さんが巡検使？

もしかして偉い人？

「巡検使ですか？　ではあなたは！」

「ファリスさん、どうかしたの？」

「女将さん。国内の貴族たちを探る巡検使と呼ばれる方々は、伯爵家以上の一族にしか任命されません。つまりこの方は……」

と、まだ初見の男性は苦手なようで、私の後ろから説明してくれるファリスさん。

私たちが卸した串焼きと角煮、そしてエールを楽しむ伯爵家の人間ねぇ……。

こういう貴族様は、この世界で初めて見たような気がする。

「イワン・ビックス。ビックス伯爵家の者だが、家督は兄が継ぐし、私は生来の風来坊でね。この巡検使の任は性に合っているのさ」

「ビックス伯爵家……軍系貴族の大物ですね」

「父と兄はね。私は小物だよ」

へぇ、そうなんだ。

というか、私とララちゃんは王国の貴族に詳しくないからなぁ。

ボンタ君も、そんなに王都暮らしが長くないからよくは知らない。

ファリスさんがいて助かった。

「さあて、珍しく巡検使に仕事があったね。あの島のお家騒動をどう解決するか。詳しい事情はわかっていないし、ここは……」

「ここは？」

「君に決めた！」

「はい？」

私が指名された？

しかも、なんら違和感なくその手を握られてしまった！

さすがはイケメン！

「さっきの会話を聞いたよ。あの島の農作物に興味があるとか？　じゃあ、一緒にあの島に渡ろうか」

「ええっ――――！」

私の手を取りながら、島に自分と同行してほしいと頼んでくるイケメン。

悪くはないけど……危険かな？

でも、島にはお米があって……。

短い時間で、私の頭の中では島に行くか行かないか。

天使と悪魔にコスプレした私たちによる激しい討論が行われ、その光景がいつまでも脳裏から離れなかったのであった。


「君は来てくれると思ったよ」

「ははは っ……」

「イワン様、もの凄い格好ですね」

「私も一応伯爵家の人間なのでね。こんな服も持っているのさ。あの島は小さく、住民はほぼ全員が顔見知りのはず。密かに島に侵入するのはいい手ではない。そこで、私がこの格好で公式訪問することにした方が、かえって怪しまれないというわけだ」

「なるほど……ですがイワン様は伯爵家の方ですし、巡検使の地位は公式のものです。島を訪れても、色々と隠されてしまうかもしれませんね」

「その可能性は高いけど、一旦島に入ってしまえば、あとはどうとでも動けるさ」

(結構物騒なことを言ってるけど……今はお米に集中しましょう!)

結局私たちは、イワン様の付き人扱いで島へと船で向かっていた。

現在、ラーフェン子爵家が支配する島へ余所者は入れないが、さすがに巡検使にして伯爵家次男の彼が島に入れてもらえないということはない。

拒否すれば、最悪王国によっては反乱者扱いされてしまうからだ。

渋々とであろうが、受け入れざるを得ないというわけ。

ただ、今の彼は本当に一人で旅をしていたそうで、偉い人なら連れているはずの家臣や付き人がいなかった。

私たちがその代わりとなったわけだ。

「(ユキコさん、いいんですか?)」

「(いいも悪いも、断れないじゃない)」

「(確かに、断れる状況ではないですけど……)」

イワン様は伯爵家の次男だから、その頼みを平民は断りづらい。

ただ彼は、大貴族にありがちな上から目線で強引に命令するような真似はしなかった。

『島で、捜し物が得られるといいね』

などと言って、上手く私たちを付き人にした。

そんななんちゃって付き人である私たちの一番の仕事は、イワン様の付き人だと、島の人たちから思われればいいそうだ。

殊更服装を変える必要は……どうせ貴族の家臣や従者らしい服は持っていないので変えようがないけど。

そうイワン様に説明したら、なぜか私、ララちゃん、ファリスさんは黒のメイド服姿に着替えさせられてしまった。

なぜイワン様がメイド服なんて……それも三着も……。

趣味なのか？

もしかして？

「さすがに僕は、メイド服姿じゃないですね」

「君は着てみたいのかな？　メイド服を……」

「「「あっ！」」」

ボンタ君は、普段狩猟をする時の装備に、イワン様から一部装備を借りて護衛の家臣らしく見せていた……はずなのに、一瞬だけメイド服姿になったような……いや、間違いなく全員がそれを確認している。

「幻術？」

「そんな大げさなものではないさ。手品みたいなものだよ」

「メイド服は着たくありませんよ」

「だろうね」

メイド服を着させられずに済んだことに安堵《あんど》しているけど、さすがにボンタ君にメイド服は着せないと思うわよ。

「以前、ちょっとした事件で現地の協力者に着てもらってね。その時に仕立てたものなんだが、よく似合っているね」

急遽《きゅうきょ》仕立てさせたメイド服を着せる、現地協力者たちかぁ……。

どんな事件だったんだろう？

「みんな、とても素敵だよ」

イワン様はイケメンに相応《ふさわ》しく、そつなく私たちを褒めるけど……。

ララちゃんはお店ではいつもメイド服姿だからあまり変わらないけど、ファリスさんの胸が……

私とのこの格差はなに？

日本では人並みだった私の胸は、この世界では小さい方……理不尽さを感じなくはない。

「(ファリスさん、ローブの上からでもよくわかるのに、メイド服姿になったら余計に……)」

「女将さん……胸なんて大きくても、肩が凝るだけでいいことなんてないですよ」

「そうですよね」

私の視線が気になったのか、ファリスさんが巨乳の利点など一つもないと言い、ララちゃんもそれに賛同したけど、それは持てる者特有の傲慢な考えよ！

私だって、『胸が大きいと肩が凝るわねぇ……』とか言ってみたいし！

「胸の大きさを気にするのは男性の方が多いかな？　男はいつまで経っても子供なので、母の象徴たる胸に拘るのだよ。女性の方が気にする必要はないさ。君は、胸の大きさに関係なく面白い女性だと思う。これは褒め言葉だよ」

イケメンに褒められると、正直悪い気はしないわね。

でも面白い……かぁ……。

正直、複雑な心境ね。

「島に上陸したら、早速ラーフェン子爵家の当主に挨拶に行こうか」

「僕がイワン様の家臣兼護衛。女将さん、ララさん、ファリスさんがお付きのメイドですか？」

「伯爵家のバカ次男が、巡検にわざわざ若い女性メイドを三人も連れて来ている。そういう風に思わせた方が、相手も油断するって寸法さ」

ありきたりな手なんだけど、人間って面白いことにいざそれに遭遇すると引っかかってしまう人が多いのよね。

それを理解しているイワン様は、なかなかに油断できない人だと思う。

伯爵家の放蕩《ほうとう》次男というのは、あくまでも芝居なんでしょう。

「巡検使様、もうすぐ上陸ですが……」

「大丈夫だよ。私がいれば、向こうも素直に上陸させてくれるさ。巡検使ってのはそういう力があるのだから」

イワン様の予想は当たり、島に近づいた私たちの船は、すぐにラーフェン子爵家の家臣たちが乗った船に臨検されたものの、彼が巡検使であることがわかるとすぐに上陸許可が出た。

私たちは、そのまま島へと上陸することに成功したのであった。


「(女将さん、私たちは注目されていますね)」

「(領民たちも、家宰派と、現当主を担ぐ家臣派の争いを知らないわけがない。外からやって来た私たちが争いに大きく影響するかもしれない以上、気にならないわけがないわ）」

「（さて、これからどうなるんだろうね。実に興味深い）」

「（イワン様は余裕綽々《よゆうしゃくしゃく》ですね）」

「（変に慌てられるよりも、かえって安心できるって考え方もありますけど）」


島に上陸すると、港にいたラーフェン子爵家の家臣たちによって、島の中心部にある小高い丘の上に立つ領主館へと案内された。

途中、道沿いにある家々から住民たちが出てきて興味深そうに私たちを見ていたけど、みんな、私たちがこの島に来たことで起こる変化が気になって仕方がないんだと思う。

ただ一人、イワン様だけがニコニコしながら、家から出て来た領民たちに手を振っていた。

いい度胸をしているわね。

世間知らずな大貴族のボンボンと見せかけ、巡検使である自分の存在をアピールして領民たちを安心させようとしているのだから。

もしもの時は王国が助けるので、イタズラに動揺しないようにと彼らに伝えているわけだ。

お家騒動を続けている両派への牽制もあるはず。

その目的のために、あえて自分の存在をアピールすることができる。

イワン様って、油断ならない人なのかも。

最初の印象で騙される人が多いんだろうなと思う。

でも、彼の気さくで私たちのような平民にも親しく接する性格は素のままなのだろう。

それだけはすぐにわかったわ。

「これは巡検使殿。ようこそおいでくださいました」

イワン様とそれにくっついて来た私たちを領主館の貴賓室で出迎えたのは、ラーフェン子爵家の家宰を名乗るザッパーク様。

現当主の年上の従兄だそうで、三十歳前後くらいに見える。

知的な文官といった感じの人だ。

幼い当主の姿は見えず、ザッパーク様によると、今はたまたま領内の視察でいないそうだ。

それが本当かどうかは……判断に悩むわね。

「この領地は特に問題もなく統治されておりますので、特に巡検使殿が気にするような問題はありませんよ」

この島の状況なんて、あの漁村で聞けばすぐにわかる話だ。

それなのに、この島にはなにも問題はないと笑顔で言い放つ。

ザッパーク様はその温和そうな見た目とは裏腹に、食えない人なのかもしれない。

「なんの問題もないのですか……」

「ええ、二〜三日滞在していただければわかることですよ。町の中にも来賓用の小さなお屋敷《やしき》がありまして、そこに滞在していただけたらと思います。町の様子もよくわかるでしょう」

『町の人たちに自由に聞きに行ってもいいですよ』と、ザッパーク様は自信満々に言った。

今の状況でも本当に領民たちの生活に影響がないのか、それともイワン様が領民たちに真相を尋ねても真実を言えないように仕組んであるのか。

ザッパーク様との会見だけでは、それがまったくわからなかった。

「二〜三日ですか？」

「それで十分にわかると思いますよ」

つまり、それ以上滞在されると迷惑ってことね。

「わかりました。お世話になりましょう」

短い会見は終わり、私たちはまた家臣たちの案内で町の中心部にある屋敷へと向かった。

そこで二〜三日滞在となった……イワン様が素直にその期間で島を退去するかどうかね。

とにかく今はこの島に入れたのだから、私たちはこの機会を最大限に生かしましょう。


「お米を売ってほしいって？」

「はい」

「いいけど。あんたら物好きだねぇ……」

来賓用の屋敷に辿《たど》り着《つ》いた私たちであったが、イワン様からすぐに外出と行動の自由を貰った。

私たちはイワン様の付き人、家臣扱いなので、正直なところそれでいいのか疑問に思ったけど、『食道楽のご主人様』のために島で食べ物を探している体にすればいいそうだ。

イワン様が食道楽かどうか……美味しければ庶民の味でも躊躇なく楽しむので、グルメではあるのよね……。

とにかく許可は貰ったし、付き人に変装した報酬だと思ってお米を栽培している農家へと向かった。

お米は、主に島の北部で作られている。

北部に広大な湿地帯があり、そこで主に栽培されていた。

乾田ではなく、湿地帯を利用して栽培の手間を省いているみたいね。

植わっている稲を見ると、事前に育てた苗を植えるのではなく、種モミをそのまま蒔《ま》いているようだ。

均等に植わっていなかったけど、稲の生育は順調に見えた。

「この島はあまり寒くならないから、年に二回収穫できるのさ」

二期作かぁ……。

それは凄いと思う。

「これが、三ヵ月前に収穫したものだ」

実際に収穫したお米を見せてもらったけど、ラッキーなことに短粒米によく似ていた。

いわゆるジャポニカ米で、しかも白米。

黒米や赤米なのを覚悟していたのだけど、これはラッキーであった。

「我々は当然いつも食べているんだが、外の人間には人気がないんだよな。なぜか茹でてサラダにのせたりするし。俺たちからしたらわけがわからん」

この島の外でお米が普及していないのは、この世界の食文化に由来すると思う。

この世界はパン食がメインなのだけど、昔と違って今は各家庭でパンを作るところはほとんどなかった。

どこの村や町にも必ずパン屋さんがあって、みんなそこから買ってくるのだ。

私たちも毎日利用している。

つまり今さら、各家庭でパンを焼くようにお米を炊く手間が嫌ということになる。

この世界だと炊飯器もないから、余計にお米を炊くにはハードルが上がるのだと思う。

でも、私は炊飯器なんかなくてもご飯を炊けるから、ここは少しでも多くお米を確保しないと。

「お米が沢山欲しいんです」

「在庫は沢山ある……まあ、備蓄しているからな。実り豊かなこの島で飢饉《ききん》なんてそれこそ数百年に一度あるかないかなんだが、ザッパーク様が『備えは必要だ』と仰《おっしゃ》るのでな」

あの家宰さんの命令で、農家の人たちはかなりの量のお米を飢饉に備えて備蓄しているそうだ。

「地下に倉庫を作ってな。定期的に魔法使いが氷を置いて、長期間保存してもなるべく味が落ちないようにしているのさ」

備蓄制度のせいで、この島では古いお米から食べるのが決まりだそうで、さらに味を落とさないがための低温保存というわけね。

「沢山の量にもよるが、備蓄分には手が出せないのが現実だな」

できればここは、なるべく大量にお米をゲットしておきたいところ。

備蓄との兼ね合いをいかに解決するか……ここは考えどころね。

飢饉に備えた備蓄にお米を使っている。でもそれって、別にお米じゃなくても問題ないはずよね。

私の『食料保存庫』には、多くの食材が保管されているけど、大半は島の外ならいつでも狩るか購入すれば手に入るものばかりだ。

ならば……。

「私、大麦、ライ麦、小麦、稗《ひえ》、粟《あわ》とかの穀物を持っているのだけど、これと交換しませんか？」

「麦はありがたいな。この島は、麦の栽培に向かないのでね。パンがあまり食べられないご馳走なんだよ。ザッパーク様に相談してみるよ」

「家宰で実質この領地を治めている方が、そんなすぐに話を聞いてくれるんですか？」

「あの方は我々にお優しい方なんだよ。備蓄制度だって、大昔に飢饉でこの島の半数が飢え死にした過去があるから、またそうならないようにと整備してくださったんだから。ちゃんと備蓄すれば、税を下げてくれるしな」

ザッパーク様は、領民たちからの支持が厚いようだ。

いまだ姿すら見ていない現当主よりも、頼りになると思われているようね。

「あっ、でも。備蓄制度を家宰の人が提案しても、領主様が認めなければできないのでは？」

「だろうけど、俺たちも今の当主様を最近見ていないんだよ。納税や陳情で屋敷に行くこともあるけど、視察だとか、勉強や稽古で忙しいとか、風邪引いて寝込んでいるとか。とにかくお顔を全然見ていないのさ」

ここ最近、現当主の顔を見ていない領民たちが多い？

でもそれは、ザッパーク様から領地の実権を奪いたい旧臣たちが、暗殺を怖《おそ》れて匿《かくま》っているのかも。

「まっ、そんな上の人たちの都合なんて私たちには関係ないか。ザッパーク様がいれば困ることもないですしね」

「そうなんだよ。じゃあ、ザッパーク様に相談してくるから」

随分と簡単に言うんだなと思ったけど、本当にザッパーク様はすぐに陳情を聞いてくれる人だった。

同じ量の大麦、ライ麦、小麦、稗、粟なら備蓄から交換してもいいと許可を貰い、私は大量のお米のゲットに成功したのであった。


「私にかかれば、お米の精米も魔法で自由自在よ」

「うわぁ、美味しそうですね。白くてツヤツヤしてて、立ち昇る湯気が美味しそう」

「でしょう？　ララちゃん。ボンタ君、どう？」

「任せてください。ちゃんとカレーにトロミをつけましたよ。なるほど。炊いたお米にかけるから、カレーにトロミがあった方がいいんですね」

「イワン様がいませんね」

「ザッパーク様から夕食に招待されたみたいよ。私たち付き人は、『かれーらいす』を堪能《たんのう》しましょうよ、ファリスさん」

「それがいいですね」

ようやく待望のお米が手に入った。

それも沢山。

ザッパーク様曰《いわ》く、ようは飢饉に備えて穀物の備蓄がしてあればいいわけで、別にお米でなくても問題なく、だから麦などと交換してもらえたわけだ。

私が『食料保存庫』から提供した大量の麦などが倉庫に収まり、代わりに大量のお米が手に入った。

とはいえ、これを商売で使ってしまえばすぐになくなってしまう。

次にいつ入手できるか不透明だし、『食料保存庫』に入れておけば悪くならないため、大切に食べていこうと思う。

そんなわけで、種モミの状態で入手したお米を脱穀、白米に精米し、人数分だけ炊いてカレーに使うことにした。

お米があるのであれば、スープカレーではなくトロミをつけたカレールーの方がいいからだ。

もしお米がインディカ米だったら、シャバシャバのカレーでもよかったのだけど。

なお、本日のカレーの具は、町で購入した野菜と魔獣のモツであった。

よく煮込んであるから、柔らかくて美味しいはず。

「ユキコさん、それは？」

「つけ合わせの、ラッキョウの甘酢漬けよ」

ラッキョウは、この世界にもあった。

ビネガー類もあったので、これで甘酢を作ってラッキョウを漬けておいたのだ。

やっぱり、カレーライスにはラッキョウよね。

福神漬けは作るのが面倒なので、今後の課題だけど。

「炊けたご飯の上にカレールーをよそって。これでカレーライスの完成よ」

この世界に飛ばされて一年近く……、ようやくお米のご飯が食べられる！

「「「いただきます！」」」

早速食べてみるけど、久しぶりのカレーライスは格別ね。

ただ、お米自体に少し甘みが足りないかな？

日本のように品種改良されていないから、いわゆる『銀シャリ』的な扱いで、そのまま食べるとそんなに美味しくないかも。

カレーライス、丼物、チャーハンなどにする分には問題ないから、私はとても満足だ。

そのうち、もっと美味しいお米が見つかるかもしれないしね。

「美味しいですね。この『かれーらいす』は」

「オコメ、いいですね。カレーによく合う」

「イワン様、もったいなかったですね」

「ファリスさん、イワン様はこの領地の家宰に招待されたのよ。きっとご馳走を食べているわよ」

ただ、そのご馳走が言うほど美味しくないケースが散見されるのが、この世界なんだけど。

「おっ、初めて嗅ぐいい匂いだね。ちょっと小腹が空いたので、少し貰おうかな」

ファリスさんが噂していたからではないと思うけど、イワン様が思っていた以上に早く戻って来て、カレーライスを要望した。

カレーは多めに作るのが美味しさの秘訣《ひけつ》なのでまだ残っていて、ボンタ君がすぐにご飯をよそってイワン様に差し出した。

「初めて見る料理だけどこれは美味しそうだ。なるほど。この辛いトロミのあるスープと、よく煮えて柔らかいモツ、甘みを補完する野菜もいい。おっ、それは？」

「ラッキョウという野菜を甘酢に漬けたものです。箸休めというか、口の中の辛みを一回リセットできます」

「なるほど……これもいいね」

結局イワン様は、カレーライスをお代わりしていた。

ザッパーク様と夕食を食べてお腹一杯のはずなのに……。

「――彼は素晴らしい男だね」

カレーを食べ終わり、デザートとして死の森で採取した山イチゴにハチミツをかけたものを出すと、それも美味しそうに食べながらイワン様が夕食の様子を話し始める。

「彼は贅沢もせず、私にも最低限の夕食しか出さなかったよ。新鮮な海の幸をふんだんに用いたこの島の名物料理で美味しかったけどね」

「その割には、カレーライスもお代わりしましたよね？」

今も、誰よりもデザートを食べているし……。

「私は大食いなんだよ。風来坊なのも、巡検使になったのも、各地の美味しいものが食べられるからという趣味と実益を兼ねたものでね。気楽な次男坊だからというのもあるのだけど」

なるほど、確かにイワン様はよく食べる人のようだ。

今度は、死の森で採取したアケビを出した。

山イチゴは酸っぱいのでハチミツをかけた方がいいけど、このアケビは繊細な甘さを楽しむもの。

そのまま食べた方がいい。

「アケビだね。私もよく森で採るよ。この女性の肌のような繊細な甘さがいいんだ」

褒め方が貴族チックだけど、それにしてもよく食べるわね。

「あのう……ザッパーク様のお話はそれで……」

「そうだったね」

ファリスさんの指摘で、イワン様は話をザッパーク様の話に戻した。

もうお腹が十分に満たされたようね。

「彼は為政者として実に評判がいい。領民たちも大半が彼を支持している」

理由はわからないけど、領民たちが島から出ることも、余所者が島に入って来るのも禁止しているはずなのに、意外と支持が厚いというか。

「私たちもそう思いました」

お米農家の人たちは、みんなザッパーク様を信用していた。

逆に、姿を見せない現当主に不信感があるような態度を見せていたくらいだ。

「そういえば、最近現当主の姿が全然見えないって聞きました」

「君たちもか……私も、何人かの領民や彼の傍《そば》にいる者たちから話を聞いた。この二ヵ月ほど。誰も現当主の姿を見ていないのだ。ザッパーク氏に反抗的な家臣たちが、彼からの暗殺を怖れて隠しているという噂はあるそうだけどね」

「なくはない話ですよね？」

「そうだね」

確かにザッパーク様は、領民たちにも慕われるとてもいい為政者ではあった。

だけど、あくまでもこの島を治めるラーフェン子爵家の当主は年下の従弟なのだ。

ただ、彼が頂点に立って問題がないわけではない。

現当主はまだ幼く、彼が為政者となれば領地に大きな混乱をもたらすかもしれない。

現当主が成人するまで、家宰であるザッパーク様が領地を運営するのは、別におかしな話ではなかった。

「もしかすると、このままなし崩し的に、ザッパーク様に当主の座を奪われると思ったのでは？」

それならあり得るかもしれない。

現時点で領主としての才能が未知数な現当主よりも、現在優秀な統治者として領地を動かしているザッパーク様を領民たちが選んでもおかしくはないのだから。

「従兄ですしね。血筋的にはおかしくないです」

「それが、彼には貴族として大きな欠点があってね。彼は庶子で母親が平民なんだよね」

一方、現当主は急死した先代当主の嫡男であった。

母親も貴族の娘なので、血筋でいえばザッパーク様が当主になるのは難しいというわけだ。

「他の親族は？」

「急死した先代当主の叔父ボートワン氏とその家族。彼らが現当主派で、ザッパーク氏を引きずり降ろす算段をしている自称忠臣派だね」

他に有力な親族はいないそうで、となるとボートワン一派がザッパーク様を失脚させ、まだ子供である現当主を神輿《みこし》にして領地の実権を握る、というのはあり得そうな話であった。

「あっ、でも……」

「ララ君、なにか思いついたのかな？」

「ええと……大したことではないですけど……」

「どんなことがヒントになるかわからないから、教えてほしいな」

さすがは、見た目も性格もイケメン。

イワン様は、ララちゃんにもとても優しかった。

旅先でも、多くの女性たちが彼を放っておかない気がするなぁ……。

「どうしてそのボートワン様たちは現当主を表に出さないのでしょうか？　暗殺を怖れるのなら、ちゃんと護衛をつけて領民たちにアピールした方がいいと思うんです。もし目立つ場所で暗殺なんて目論《もくろ》んだら、逆にザッパーク様のお立場が悪くなりますよね？」

「普通はそう考えるだろうね」

ザッパーク様の善政のおかげで現当主の影が薄くなりつつある今、ここで現当主を二ヵ月近くも表に出さないのはおかしい。

こんなことを続けていたら、現当主の存在感がますます薄れてしまうのだから。

「現当主さんは、これまでもあまり領民たちに顔を見せなかったのでしょうか？」

「ユキコ君、それはないよ。先代当主である父親の葬儀の時には、ちゃんと領民たちの前に姿を見せていたそうだ。たとえ子供でお飾りでも、亡くなった先代当主の喪主を務めてこそ次の当主であると認められる。当主としての最初の仕事でもあるし、彼はちゃんと喪主を務めたそうだ」

喪主を務めなければ当主の資格がないと、領民たちから思われてしまうからちゃんと参加していた。

姿が見えなくなったのは、二ヵ月前という証言だけは誰に聞いても同じだったと、イワン様が教えてくれた。

「姿が見えなくなる以前は、ザッパーク氏に対抗するように島のあちこちに視察に出かけていたそうだ。これも領民たちから聞いた」

イワン様は伯爵家の人間なのに、自ら情報収集もこなすなんて凄いわね。

「この二ヵ月でなにがあったんですかね？」

「その件は夕食の席でザッパーク氏に聞いたのだが、なんでもかなり性質の悪い風邪を引いて寝込んでいるとか。彼は医者や魔法薬を手配しようとしたが、件《くだん》のボートワン氏に断られてしまったそうだ」

今の両者の関係から推察するに、投薬と称して毒殺されるかもしれないと思い、ボートワン様が断ったんでしょうね。

もしくはわざとそういう疑いを向けて、ザッパーク様と現当主との仲を引き裂く意図があったとか。

「現当主とザッパーク様との関係はどうだったのです？」

「それが悪くなかったらしい」

「自称忠臣派からすれば、現当主とザッパーク様との関係は悪い方がいいですからね」

その方がザッパーク様の失脚後、ボートワン様たちやその家族がラーフェン子爵家の実権を独占できるであろうからだ。

まだ子供である現当主は、仲がよかった従兄との関係を裂かれて不幸だけど、これも高貴な家に生まれた者としての試練かもしれない。

お父さんである先代が急死しなければねぇ。

現当主は成人するまで準備期間を持てたし、ザッパーク様は優秀な家宰として評価されながら毎日を過ごすことができたのに。

「まだ療養中とか？」

「ボンタ君、いくら拗《こじ》らせても風邪よ。二ヵ月は長くないかしら？」

いくら風邪が万病の元とはいえね。

他の病気なら、さすがにザッパーク様に報告なりして、ここはこんな島なので外部から手配しないといけない医者や、特別な魔法薬を頼むはず……あれ？　もしかしたら……。

「あのぅ……もしかして現当主はもう亡くなっているとか？」

「ユキコ君もその可能性に思い至ったか。もし現当主がすでに死んでいれば、まだ十歳の彼に子供なんているわけがない。となると、ラーフェン子爵家の直系は途絶えたことになる」

そうなると、親戚から新しい当主を選ばなければならない。

「ザッパーク氏は、直系が絶えた時点で可能性がアリだな」

「大叔父であるボートワン様や、その子供や孫たちは？」

「なくはないが、ボートワン氏が臣下になったのは先々代の話だ。血筋的にはザッパーク氏とそう変わらないが、現在実質島を統治しているのはザッパーク氏だ。しかも特に不手際があるわけでもない。となると、王国としてはザッパーク氏を新当主に勧める可能性が高いな。混乱が少ないことを王国は望むからね」

ザッパーク様が新当主なら、現状維持と同義だものね。

ここは南の辺境にある子爵領なので、混乱は少ない方がいいに決まっている。

王都の近くにあるような貴族領でそんな事態になると、どういうわけかそれぞれの候補者たちを支持する王都の貴族たちが現れ、なかなかに面倒なことになるらしいけど。

「実は、島民を外に出さないようにしているのは、ボートワン様の一派なんですかね？」

ザッパーク様が王都に人を送り、自分こそが次のラーフェン子爵に相応しいと工作するのを防ぐため？

でも彼は、すでに現当主が死んでいるかもしれないという事実に気がついているのかしら？

「それは、本人に聞いてみるのが一番だね。じゃあ行こうか」

「あっ、はい」

本人って、ザッパーク様に聞くってこと？

どうやらそのようで、イワン様と私たちは急ぎザッパーク様のいる領主館へと向かうのであった。


「まだ確証は掴んでいませんが、そうであると私は確信しています」

領主館にいるザッパーク様に真相を問《と》い質《ただ》すと、彼は現当主がすでに死んでいると確信していた。

「お嬢さん、この島には飢饉に備えてお米を備蓄する地下倉庫があるのを当然知っていますよね？」

「はい」

そこに保管されていたお米を手持ちの麦と交換してもらったので、当然知っていた。

「低温保存のため、定期的に魔法使いに氷を作らせているのも……」

「知っています」

実際、地下倉庫には氷が置いてあった。

お米農家のおじさんから、氷は魔法使いが作っているとも聞いている。

「ここは狭い島なので、氷を作れる魔法使いは三名しかいません」

少ないけど、田舎の小さな領地なんてどこもそんなものだ。

優秀な魔法使いは、稼げる王都や都市部に出てしまうから。

「彼らが、やはり定期的に大叔父の屋敷に出入りしているのですよ。これがどういうことかわかりますか？」

「亡くなった現当主の遺体が腐らないよう、氷漬けにしている」

「私は、それが真相だと思っています」

ザッパーク様は、痛ましい表情で自分の推論を語っていた。

決して仲が悪くなかった従弟が病死したのに、葬儀や埋葬すらできず、ボートワン様たちが生きているように偽装しているのだ。

悲しくないわけがないわね。

「ですが、どうしてそんなことをしているのでしょうか？　いつまでも誤魔化せるものでもありません」

「大叔父は自分の幼い孫を、フランツの養子にしようと工作しているのです」

フランツ……現当主の名前ね。

なるほど。

まだ彼が生きていることにして、その間に自分の孫を現当主の養子にしてしまえば、ラーフェン子爵家の跡取りはその孫ということになる。

新当主は、現当主よりもさらに子供なので、領地の実権はボートワン様たちが握るというわけね。

「でも胡乱《うろん》な手というか……ちょっと強引かも……」

他の親戚たちから文句が出そうな手だからね。

大叔父は先々代当主の弟で、今は家臣なのだから。

本人ならまだいいけど、孫では大分血筋が遠い……ザップパーク様もそこまで血筋に差がない？

「大叔父が焦っている理由は簡単です。実は私、本家の諸兄なのです。母親が平民だったので、子供がいない叔父の家に養子に入ったのですよ。フランツはかなり遅くに生まれた子で、私と年齢差が二十歳近くあります」

「……納得できました」

実はザップパーク様は、現当主の異母兄なのだそうだ。

ただ母親が平民だったので、子供がいなかった先代当主の弟の家に養子に入った。

だがこの非常事態のせいで、諸兄でも本家の血を引く人間ということで、家宰に任じられたわけか……。

「ゆえに、私もこの島を封鎖しなければなりませんでした」

ボートワン様たちが王都で工作をしない保証がない以上、ザップパーク様は島を鎖国状態にしなければならなかったわけね。

「この状況を打破するには、現当主の死を暴くしかないようですね。ザッパーク様は家宰なので、屋敷を改めればいいのでは？」

「それが一番なのは確かですが、もし私が人を集めてそれを強行した場合、大叔父たちとそのシンパは大きく抵抗するでしょう」

現当主の遺体が公のものとなれば、ボートワン様たちは一巻の終わりだ。

間違いなく強硬に抵抗するはずで、それでもザッパーク様が退かなければ、内乱が始まってしまう。

王国による介入があるかもしれないのか……。

「後ろめたいことをしているからこそ、意地でも現当主の遺体を隠し続けようとするわけですね。そのためなら内乱すら辞さず、絶対に自分たちの策を成功させるのだと」

「そうですね。大叔父たちは逆に追い込まれている。だから怖い」

もしその企みが失敗したら、ボートワン様たちは没落どころの話ではない。

可哀想《かわいそう》に、亡くなった子供が生きていると嘘《うそ》をつき、氷漬けで保管しているのだから。

きっと領民たちの印象は最悪でしょうね。

この島にも小さいながら教会があるから、教会の人たちも怒るはず。

あきらかに死者に対する冒瀆《ぼうとく》なのだから。

「以前、フランツのお見舞いに行くと言っただけで強く抵抗されましたから。こんな知り合いばかりの小さな島です。二つに分かれて殺し合いになれば……なかなか決断できないのが実情です」

こんな小さな島で住民同士が争い、ついには殺し合いをしてしまったら……後々まで色々と引きずってしまう。

優秀なザッパーク様をして、強硬策を決断できないのはそういうわけね。

この人、どう見ても武官じゃなくて文官っぽい、というのもあるのか……。

「家宰失格なのかもしれませんが、どうしたものかとこのところ悩んでいました」

気持ちはわかるわ。

自分の判断で、怪我人《けがにん》や死人が出たら嫌だものね。

「さすがに島を封鎖して二ヵ月近く経っているわけで、これはもう決断する時なのかもしれないね。私も微力ながら手伝うよ。王城に君こそが次のラーフェン子爵に相応しいと報告もする。実際、君が一番相応しいのだから当然だ」

「……」

決断するのって、どんな身分の人でも苦悩が多いのね。

強硬策が嫌だとしたら懐柔策？　でも、今さらボートワン様が説得で改心するかな？　となるとやはり強硬策しかないのか……。とはいえ、ザッパーク様が大人数でボートワン様の屋敷を囲んだら、当然彼やその一族、シンパである家臣たちが強く抵抗するはず。犠牲者が出る可能性が高い。この島で数少ない魔法使いたちもボートワン様の一派だから、ザッパーク様たちは苦戦するかも。

じゃあ、懐柔策？　は無理ね……。

頭の中で色々と考え込んでしまうけど、イワン様も、ザッパーク様も、ララちゃん、ボンタ君、ファリスさんもいいアイデアが思い浮かばなかった。

「強硬策が駄目で、懐柔策も駄目となると。中間を取って？」

「ララちゃん、そんな都合のいい策が……あった！」

あったわ！

強硬策にして懐柔策でもある作戦。

ヒントは『北風と太陽』ね。

「ユキコ君、どんな策かな？」

「ザッパーク様、お祭りでもしませんか？　屋台をいっぱい出して」

「お祭りですか？」

「はい。みんな島の外に出られず、観光客も来ないので仕事も少なく、気分が沈んでいるのでは？それを払しょくするお祭りです」

そしてそのお祭りが、島のトラブルを解決する方法となるわけだ。

「ちょっと意味わからないなぁ……」

「こういうことですよ」

私は、みんなにこの策の真の目的を説明した。

「なるほど。それはいけるかもしれないな」

「少なくとも、二派に分かれた島民たちの全面衝突は避けられる。すぐにお祭りの準備をしましょう」

以上のような経緯から、私たちは島のトラブルを解決するためにお祭りを開くことにしたのであった。


「うちの串焼きに、モツの味噌煮込み、魚の塩煮、カレーも出すよ。カレーライスとスープカレーもね。カキ氷も、ジュースも当然出すわ」

「この前の、砂浜のお店での経験が生きますね」

「調理器具も揃っていますしね」

「僕は焼きそばを焼きますよ。麺も打てるようになったので」

「おおっ！　ボンタ君は調理人として順調に成長しているわね」


急遽祭りが開かれることとなり、ザッパーク様が全島に布告を出した。

当然ボートワン様の一派が訝《いぶか》しむわけだけど、彼はさらに言葉を続ける。

「このところ色々とあり、領民たちの心は深く沈んでいます。お祭りにみんなで参加して、この日だけでも楽しく過ごしましょう」

「……なんとでも言いようはある」

「お祭りは全員参加です。お互いに出し抜くのはなしですよ」

ザッパーク様が、ボートワン様に釘《くぎ》を刺した。

お祭りのドサクサで島外に人を出し、王都に派遣するのはお互いにやめる。

双方がルールを守れば、お祭りの日は休戦ということになるのだと。

「……まあよかろう」

ボートワン様は、ザッパーク様の提案を受け入れた。

島をあげてのお祭りを断ったら、自分たちは領民たちの支持を失うかもしれない。

そう考えたようで、ボートワン様一族や家臣たちを全員参加させると宣言した。

「では、お祭りの準備をしましょうか」

町の中心部にある広場にたくさんの屋台が作られていく。

この島でも収穫後の『収穫祭』があるので、その時に使っている屋台とテントだそうだ。

ここに私たちが調理器具などを貸して、多くの新メニューを提供することになった。

「これ、うめぇな」

「こら！　お祭り本番は明日！　つまみ食いばかりしていたらなくなるわよ」

「へ――――い」

「甘い物が多くていいなぁ……」

領民たちが総出で、お祭りの準備をしていた。

ザッパーク様派とボートワン様派の人たちは、お互い抜け駆けがないように監視しているので戦力にならないけど、お祭りが楽しみで仕方がない領民たちはとても張り切っているし、ようはお祭りの会場に全員集まっていればいいのだ。

「楽しそうですね。フランツも参加させればいいのに」

「まだ体調が悪いのだ。こういう病は治り際が大切なのでな」

「それはお可哀想に。ビックス伯爵家に連なる私が、早くよくなるように願っていたとお伝えいただきたい」

「それは確実に伝えます」

会場にはVIP専用席が用意され、その上にテントも張られていた。

右側にザッパーク様と彼を支持する有力者たち。

左側にボートワン様とその一族。

そして真ん中に、イワン様がご機嫌でワインをチビチビと飲みながら二人に話しかけていた。

彼には、ボートワン様たちを貴賓席に釘付《くぎづ》けにするという大切な役割があったのだ。

「明日が楽しみですね」

そして翌日。

町の中心広場でお祭りが開かれた。

食べ物、デザート、飲み物に今日はお酒も出て、大人はみんなお酒を飲んで顔を赤くさせていた。

酔っ払ってしまえば、お祭りを抜け出して船で海に出ようなんて思わないはずだ。

両派の人たちは全員お酒を飲み、屋台を巡っているので、双方が抜け駆けは難しいと思っているようね。

「お姉ちゃん、これは？」

「水飴《みずあめ》よ」

私は、魔法でお酒も水飴も作れる……作れるようになった。

材料は、お米はもったいないのでデンプン質の多いイモを用い、麦芽はないので魔法で糖化させたものだ。

完成した透明な水飴に、山ブドウ、山イチゴ、死の森で採取した果物の果汁を混ぜて色々な味の水飴を作ると、子供たちが我先にと駆け寄って来た。

「棒に練った水飴を纏《まと》わりつかせて。これに、お米を材料にした薄煎餅をつける」

パリッとして塩気のある薄煎餅が、水飴の味を引き立てるはず。

私は水飴のみならず、用意した各種屋台で様々な食品や飲み物を売る手伝いをし、ララちゃんとファリスさんも同じ仕事を。

ボンタ君は懸命に焼きそばを焼いていた。

手作りのソースを用いたソース焼きそば。

塩焼きそば。

そして、ソースとカレー粉を用いたカレー焼きそばも大人気だった。

みんな大喜びで飲み食いしていく。

大人はお酒も入り、ザッパーク様に与《くみ》する人たちも、ボートワン様に与する人たちも、みんなお腹一杯か酔っ払っていて、抜け駆けなどもう難しいとお互いに考える。

ボートワン様が私たちの動きを目で追いかけ、次々と飲み物や食べ物を用意している姿を確認して安心し、さらにザッパーク様に与する人たちも心から祭りを楽しみ、酔っ払っているのを見てまた安心していた。

抜け駆けは不可能だと理解したのであろう。

もっとも、ボートワン様に与する人たちもすでに酔っ払っていたり、お腹がいっぱいになって居眠りをしている人もいた。

「さてと、トイレ」

貴賓席でボートワン様の隣に座っているイワン様も、見かけによらない健啖《けんたん》ぶりを見せ、彼らを驚かせていた。

一回だけトイレに立ったけどすぐに戻って来て、再び椅子に座ってすぐ居眠りを始めてしまう。

ボートワン様は、そんなイワン様を見て安堵の表情を浮かべた。

彼がなにか企むかもしれないと思っていたら、椅子に座って眠り始めてしまったからだ。

「お酒のお代わりはどうですか？」

「いただこうか」

完全に安心したのであろう。

ボートワン様、私の勧める酒を一気に飲み干し、さらに色々と飲み食いして眠ってしまった。

彼の一族や、家臣たちも同じだ。

ザッパーク様側の人たちも、ほぼ同じように飲み食いして、やはり居眠りを始めてしまった人もいる。

「さあ、まだまだ存分に飲み食いしてください」

私の言葉に従うかのように、みんなが飲み食いを続けた。

祭りは夕方まで続き、島のみんなは久しぶりに楽しいひと時を過ごしたのであった。


「なに？　棺《ひつぎ》がないだと！　どういうことだ？」

「それが、屋敷から忽然《こつぜん》と消えてしまいまして……」

「見張りはなにをしていた？」

「それが、大半が祭りに参加してしまいまして……。残っていた者たちも、差し入れのお酒と食べ物で……」

「寝ていたというのか？」

「そうなります」


大変なことになった。

祭りが終わって屋敷に戻ると、私が命じて屋敷に保管している氷の棺が、忽然と消え去っていたからだ。

あの氷の棺が持ち出されるなんて……。

アレには、この島を統治するラーフェン子爵家の当主フランツの遺体が入っていたというのに……。

フランツは、風邪を拗らせて呆気なく死んでしまった。

誰もが予想すらしていなかった当主の死に、我らは大いに動揺、混乱した。

まだ十歳でしかないフランツに子供などいるわけがなく、ラーフェン子爵家の次の当主に一番近いのは、フランツの代わりに家宰として統治で実績を出し、実はフランツの異母兄でもあるザッパークということに……。

確かにザッパークは母親が平民ではあるが、本家の血を引いている。

なにより為政者として有能だ。

彼こそが次の当主に相応しい……しかし彼は母親が平民の出で、先代当主の弟の家に養子に出された……その弟は病弱で、兄である先代当主よりも先に亡くなっているが。

とにかくザッパークは、一度本家を出ているのだ。

ならば、ワシの孫が継いでも血筋的にいえばそう変わらないはず。

だからこそワシはフランツの死を隠し、その間にワシの孫との養子縁組を進めようとした。

ザッパークに勘づかれ、なかなか王都に人を送り込めていないのが現状だが。

ワシらも、ザッパークのラーフェン子爵家当主継承を妨害しており、島民たちは誰も島の外に出られず、外部から観光客も入れなくなった。

そのせいで領民たちはえらく迷惑しているだろうが、ここで引くわけにはいかない。

完全な千日手になってしまったのだが、ここで王都から巡検使一行がやって来た。

どうにか孫をフランツの養子にしようと策を巡らせていたが、この巡検使はザッパークこそが次の当主に相応しいと考えていた。

そうした方が島も混乱しないであろうと。

また解決の手段を失ってしまった……そんなところに、ザッパークから祭りへの誘いがきた。

怪しいとは思ったが、双方が監視し合えば抜け駆けはできない。

実際、ザッパークに与する連中は、全員が祭りで珍しい料理と酒を楽しんでいた。

ここでワシらが抜け駆けしようとすれば、領民たちの支持を失うかもしれない。

それに、ワシらに与している連中も料理と酒を堪能しすぎて抜け駆けもクソもなくなった。

今日は仕方があるまい……。

そう思って酒と料理を楽しんでから屋敷に戻ってみると、フランツの遺体を封じ込めた氷の棺が忽然と消えていたのだ。

いったい誰が棺を持ち出したのか？

島の人間はあり得ない。

なぜなら、双方がお互いの人間を監視し合っていたからだ。

では、巡検使とその付き人たちか？

しかし、付き人たちは全員が屋台の手伝いで忙しそうに働いていた。

巡検使も、散々飲み食いしたあとにトイレに行き、戻って来たらあとはもうグッスリだった。

ワシの隣で寝ている人間が、ワシの屋敷に侵入して氷の棺を持っていくわけが……。

フランツの遺体と氷の棺は重く、一人で運び出すのも難しいはずだ。

「奇術かなにかか？」

「ボートワン様！　ザッパーク様から領主屋敷に来るようにと。重要な用事があるそうで……」

「親父！」

「そういうことか……腹を括《くく》れ、トーマス」

「っ！」

ワシらは、ザッパークにしてやられたのだ。

どうやったのかは知らないが、彼が氷の棺を押さえたのであろう。

「親父、人を集めよう。取り戻せばいい！」

「落ち着け。巡検使にバレたんだぞ。そんなことをしたら、ラーフェン子爵家は王国に改易される」

「巡検使の奴を始末すれば？」

「バカか、お前は！　そんなことをしたら、改易のみならず一族が処刑されるぞ！」

どうして伯爵家以上の一族が巡検使に任じられるのか？

それは、『お前みたいな地方では王国の威光や権威など関係ない。自分たちの意に沿わぬ巡検使など殺してしまえ』という輩《やから》を防ぐためでもあるのだ。

巡検使を殺してしまうと、王都にいる伯爵以上の大物貴族を敵に回す。

そう思わせるために。

「親父、どうするんだ？」

「もう諦めろ。ワシらの策はならなかった。ワシはザッパークに会いに行くが、軽挙妄動は控えるように。もしおかしなことを考えたら、みんな処刑されるぞ。わかったな？」

「……ああ……」

このくらい脅しておけばいいか。

策が成功しなかった以上、あとは潔く処分を受けるしかあるまい。

さて、ザッパークに会いに行くとするか。


「……惨《むご》いことを……葬儀の準備をしなければ……。頼めますか？　神父殿」

「これは死者への冒瀆です！　ボートワン、トーマス親子は教会から破門されても文句は言えませんぞ！」

死者を氷の棺に入れて葬儀もしない。

神父さんは、ボートワン様、トーマス親子に激怒していた。

「ラーフェン子爵領を自由に差配する。それほど魅力的なのか……」

「大変そうですけどね。領主様のお仕事って」

「多くの人たちの命を預かる仕事だからね」

ザッパーク様の言うとおり、領主様って大変な仕事なのよね。

「ザッパーク様、ボートワン様がいらっしゃいました」

「一人でかな？」

「はい。お一人です」

「観念したようだね」


今、私たちの前に氷の棺があるけど、ちょっとララちゃんたちに見せるのは厳しいので、イワン様が氷を削って急遽用意した棺桶《かんおけ》に入れた。

私だって、亡くなったお祖母ちゃんとお祖父ちゃんの葬式でしか遺体を見たことがないけれど、どうして私は大丈夫だと思われるのかしら？

目の前の棺桶の中には、子供の遺体が納められている。

ラーフェン子爵家の当主にして、ザッパーク様の異母弟だったフランツ様はやはり病死しており、大叔父であるボートワン様は彼を生きているように見せかけた。

いいえ、遺体が腐ると困ると思ったのであろう。

魔法使いたちを懐柔して、氷の棺を維持させていた。

あとで棺桶に入れた氷の棺を溶かす予定で、氷が溶けきったら、正式にフランツ様の病死を発表して葬儀をあげる。

そのために、教会の人たちが大忙しでその準備を行っていた。

遺体を氷漬けにして生きていることにした。

神父さんは、ボートワン様を今すぐにでも破門にしたいと激怒していた。

この世界では、旅先や狩猟を行っていた僻地《へきち》で人が亡くなってしまった場合、まずは現地で火葬してから家に戻して葬儀を執り行うため、遺体を氷漬けにする概念がなかった。

教会関係者からしたら、死者への冒瀆としか思えないのだと思う。

「ザッパーク……」

「事情をお聞きしましょう。それしか用事はないですけどね」

観念したのか、一人で領主屋敷にやって来たボートワンに対し、ザッパーク様はただ一言だけ質問した。

フランツ様とザッパーク様は、生前は兄弟なのでとても仲がよかったそうだ。

フランツ様が当主で、ザッパーク様は家宰になる。

これでなんの問題もなかったはずなのに、こんな結末になってしまったのだから悲しい。

フランツ様は、神父さんの見立てでは病死だそうだ。

毒薬を用いた肌の変色や、首を絞められた跡、刃物などによる傷も確認できなかったそうだ。

だが病死した直後、すぐにザッパーク様に報告しなかったため、ザッパーク様と彼を支持する人たちは、ボートワン様がフランツ様を毒殺した可能性が高いと疑っていた。

ここに一人で来たボートワン様は針の筵《むしろ》状態だと思う。

よく一人で来れたものだ。

その度胸は凄いと思う。

「気の迷いだな……」

「気の迷い？」

「ワシは、先々代の末の異母弟だった。それでもたまたま分家に子供がいない家があって、そこに養子に入れた。運がよかったと思っていたし、今の境遇になんの不満もなかったよ」

ボートワン様は、先代からも信用されていた。

むしろ、フランツ様の家督継承を妨害する可能性があると先代が疑っていたザッパーク様よりも信用が厚かったそうだ。

だから先代の死後、フランツ様が成人するまでの養育はボートワン様の役割となった。

「そこで少し歯車が狂ったのであろうな。息子のトーマスなどは特にそうだ」

ザッパーク様よりも、自分たちの方が先代当主に信用されている。

フランツ様を握っておけば、家宰をしているザッパーク様を将来引きずり降ろし、自分たちがラーフェン子爵家で大きな力を握れると。

そしてそれに気がつき、そのお零《こぼ》れに与りたい人たちが周囲に集まり、次第にザッパーク様と対立関係になった。

こういうのって、人間の業《ごう》よね。

「そんななかで、およそ二ヵ月前、フランツが風邪を引いたのだ。本当に軽い風邪だった。ザッパークが念のためにと、島の外の医師と薬の手配を申し出たが、ワシはそれを断ってしまった」

「私が、フランツを毒殺するとでも思ったのですか？」

外部の医者、魔法薬。

疑おうと思えばいくらでも疑えるわね……。

「ワシはまったく思っていなかった。そんなことをしたら、お前は終わりだからだ。だが……」

「トーマスや支持者たちが騒いだのですね」

「そうだ」

ボートワン様自身は、ザッパーク様がそんなことをするわけがないと確信していた。

だけど、出来の悪い息子トーマスやその支持者たちが騒ぎ出し、それに引きずられる形で、おかゆでも出して寝かせておけばすぐに治るから問題あるまい、ということになってしまった。

その集団のトップなのに、下の人たちの圧力に屈してしまったわけね。

「そうしたら、フランツの症状が急速に悪化した。お前の申し出を受け入れておけば……いや、今からでもと思い……だが……となってしまった」

フランツ様の病状が重篤化してから、ザッパーク様に頼んで外の医者と魔法薬を手配してもらう。

そんな恥ずかしいことができるかと、特にトーマスたちが騒ぎ始めた。

先代からフランツ様のことを任されていたのに、手を拱《こまね》いてしまったので責任問題になると思ったのかもしれないわね。

結局ボートワン様もザッパーク様に頭を下げるという選択肢を選べず、自力でフランツ様の看病を試みたけど、その命を救うことができなかった。

ボートワン様たちは医者ではないから、当然の結末ね。

「フランツは病死してしまった。それだけは事実だ。ワシは、フランツの死を急ぎ公表しようとしたが……」

「またトーマスたちですか……」

「ああ、成人するまでフランツの養育を任されていたワシの取り返しようのない失態だ。当然、我が家は処罰されるであろう。身分をはく奪されても文句は言えない。ザッパークもそうせざるを得ないはずだ」

「そうですね……私の立場上、あなたを擁護できません」

もしフランツ様を病死させてしまったボートワン様をお咎《とが》めなしにしたら、他の一族や家臣、領民たちはこう思うはずだ。

ザッパーク様が、ボートワン様に命じてフランツ様を殺させた。

だからザッパーク様は、ボートワン様を罰することができないのだと。

そう思われてしまうので、ザッパーク様がフランツ様が死んだ件でボートワン様をお咎めなしにすることはあり得なかった。

彼もそれに気がついた。

「ザッパークに真実を言えず、だからといって死んだフランツをそのままにはできない。ワシを含め、事情を知っている者たちは大いに焦った。何度怒鳴り合ったことか……」

フランツ様の死を報告しても、ボートワン様たちは破滅。

支持者たちも無罪とはいかない。

だが、いつまでも隠し通せるものではないのも事実だ。

「そんななか、誰かが今回の策をあげたのだ。あの時は焦っていたので、誰の策かも思い出せないくらいだ。冷静に考えれば穴だらけのどうしようもない策だが、その時は妙案に思えたのだ。ひと筋の光明に見えた。幸いにして、この島は王国の最南端にある。中央のお偉方たちも、この小さな島の当主が誰になっても大して気にしないであろうと」

「まあ、それも間違ってはいないですね。私だって、この島での異変に気がついて来たわけではないのです。たまたまあの小さな漁村に辿り着いたところで、島のことを知ったのですから」

イワン様は、ラーフェン子爵家のお家騒動に気がついたからここに来たわけではないのね。たまたまあの小さな漁村でこの島の噂を聞き、介入することを決めた。

最初から、ラーフェン子爵領の緊急事態に気がついていたわけではなかったみたい。

「気の迷い……そのあとは、ワシがトーマスや他の連中の愚かさに引きずられただけ。その結果が、領民たちに大迷惑をかけた、しょうもないお家騒動になった」

人の上に立つって怖いことなのね。

今回の策。

成功すれば、ボートワン様はラーフェン子爵家の当主ではないが、それに近い強大な権力を持つことができたはず。

でも本人は案外それを望んでおらず、息子のトーマスやそのお零れに与りたい者たちがボートワン様を突き上げたのが真相だった。

だから彼は、フランツ様の遺体がこちらに渡った時点で、抵抗もせず大人しく出頭したのであろう。

「一ついいかな？」

「なんです？」

「誰が氷の棺を持ち出したのだ？　確かに、屋敷の見張りはとても少なかった。勝手に祭りに出かけた者たちも多い」

それでも、見張りがいなかったわけではない。

それに、ボートワン様たちもこちらの人員の動きを監視していた。

ザッパーク様たちも、私たちも全員が祭りの会場にいて、だからこそ屋敷の見張りも手抜きになったし、それを咎める空気にならなかった現実があるのだから。

「私ですけど」

「イワン様？　しかしあなたはワシの隣で……」

散々飲み食いして、一度だけトイレに立ち、戻って来たらずっと居眠りをしていた。

それはボートワン様自身が祭りが終わるまで確認しており……隣の席だからいなくなったことに気がつかないわけがないのだから。

「私は寝ていたのではなく、実はあの場にいなかったというわけです」

そう言うと、イワン様は近くの椅子をそっと指差した。

すると次の瞬間、イワン様が椅子に座って居眠りをしていたのだ。

「ボンタ君のメイド服姿！　幻術？」

「この前のは冗談さ。似たようなものだね。さすがにこれは飲み食いできないから、寝ているフリになったわけだ」

最初の暴飲暴食と、飲みすぎが原因のトイレ。

そして席に戻って来たら、満腹で眠くなったので寝てしまった。

まったく不自然じゃないけど、その居眠りをしたイワン様が幻術だったわけだ。

触ればわかるけど、ボートワン様も理由もなしに巡検使の体に触らないわよね。

ボートワン様の屋敷から、フランツ様の遺体を運び出したのはイワン様だった。

「氷の棺は重たいのだが……」

「私はそれを解決する魔法を持っています。詳しくは秘密ですけどね」

念力のような魔法か、もしくは私みたいに収納系の魔法かな？

イワン様は教えてくれなかったけど。

「納得しましたか？」

「はい。それと、正直に言うとこれで安心した。ほっとした。ワシが愚かなせいでフランツは……すまない……うぅっ……」

ボートワン様はフランツ様が入った棺桶の傍に跪《ひざまず》き、頭を下げて祈りながら泣いていた。

自分の愚かさのせいで十歳の子供を、それも知らぬでもない血が繋《つな》がった子供を死なせてしまったのだ。

内心では、罪悪感で一杯だったのであろう。

「ザッパーク、ワシを処刑すればいい。家族は追放で済ませてくれ」

「……」

ザッパーク様は悩んでいた。

ボートワン様の罪状だが、フランツ様の死に関する部分は情状酌量の余地がなくもない。

彼が、フランツ様を積極的に殺したわけではないからだ。

ザッパーク様が勧める外の医者や魔法薬は拒否したが、別にフランツ様を看病しなかったわけでもないのだから。

だけど、実質内乱状態を作り出してしまった責任はある。

むしろ、こっちの方が死刑にされてもおかしくはない罪状だ。

「……お嬢さん、どう思います？」

「えっ？　私ですか？」

どうして私？

自慢じゃないけど、先祖代々庶民の私が、貴族間で起こったお家騒動の主犯をどう裁くかなんて、わかるわけないというのに。

「意見でも、思ったことでもなんでもいいです」

これは、外の人間がこの騒動についてどう思うか。

ザッパーク様は客観的な意見が欲しいわけね。

島の中の人間に意見を聞くと、どうしても感情的になったり、支持している方を擁護してしまうものだから。

「人間は弱く、流される生き物です」

「弱い？」

「ええ。フランツ様が病死した時、すぐにザッパーク様に報告していれば、やり方によってはボートワン様も厳罰を受けずに済んだのでは？」

たとえば、家臣としての地位を最下級まで落としてしまうなど、領民たちにわかりやすい罰を与える。

それでも、あとでいくらでも挽回《ばんかい》できると思うのだ。

ああ……話に聞く限り、息子のトーマスでは無理なのね……。

でも、孫もいるのだから。

「でも、処罰されることは確実だったので言えなかった。あるいはもっと早くに相談していて、外の医者と魔法薬を用いてのその結果なら、それにはザッパーク様の責任もあるので罰はなかったはず。でも、その選択肢を選ぶのはすでに時を失していました。罰を受けるのが嫌だからという理由でこんな胡乱な手を使ってしまい、さらに罪を重ねてしまう。人間はどんな身分の人でも弱いのだと思います」

「そうだね……」

「そしてもう一つ。もしザッパーク様とボートワン様の立場が逆だった場合。ザッパーク様はボートワン様と同じことをしないと、断言できますか？」

「できないね……私がそう思っても、周囲にいる人たちがそれを望まなければ、私もそっちに引きずられた可能性は高い」

「亡くなられたフランツ様は病死で、他は今回の件で誰も負傷していないし、死んでもいません。処刑はどうかと思いますが……」

とはいえ、ラーフェン子爵領にはラーフェン子爵領の法がある。

当主が判断すれば……当主は病死しているので、現時点で最高権力者であるザッパーク様が判断するしかない。

そこに私は口を挟めないのだから。

「ボートワン、フランツの遺体の処置のせいで教会の人間を敵に回してしまった以上、ここに残れば不幸になるだけだ。家族を連れて島を離れてくれ。先々代よりの功績も考慮して一時金などを支給する。残りの同調した者たちは、減給や降格で済ませる」

「ザッパーク様の恩情に感謝します」

ボートワン様は、ザッパーク様に対し頭を下げた。

この瞬間、ようやくラーフェン子爵家のちょっと変わったお家騒動が幕を閉じたのであった。


「本当に観光客も来るんですね、この島って」

「風光明媚《ふうこうめいび》で、船で簡単に行ける島であり、釣りの名所であり、近場の人たちが小旅行で来るそうだよ」

数日後。

私たちとイワン様は、ようやく人の出入りが自由になった島の中心部を散策がてら歩いていた。

それほど多くはないけど早速観光客の姿が見え、町の中心部では市が開かれ、お土産や飲食物が販売されていた。

つい何日か前まではお家騒動の真っ最中だったのに、そんなことはなかったかのようだ。

首謀者であるボートワン様とその家族は島を出て、これからどうなるのか……。

彼の息子であるトーマスは優秀ではないし、軽挙妄動に出やすい性格なので前途は厳しいかも。

ボートワン様の死後、没落は避けられないかもしれない。

「ザッパーク氏も前途多難だと思うよ」

「ギクシャクしますからね」

知り合い同士ばかり住んでいる小さな島の住民たちが二つに割れたのは事実で、フランツ様の氷の棺を奪われたボートワン様は己の罪が白日の元に晒《さら》され、家族と共に島を追われることとなった。

彼らが船で島を去る瞬間は見ていたけど、あれは悲しい光景だった。

ボートワン様に与した人たちも、追放はされなかったが、減給や降格の処分は受けている。

フランツ様の死を知りながら隠し、ボートワン様の孫を次の当主にしようとしたので悪質だが、あまり多くを追放すると、領地が回らなくなってしまうという事情もあったから。

ボートワン様とその家族がすべての罪を被ったというのもある。

トーマスは最後までブー垂れていて、ザッパーク様に嫌味を言っていたらしい。

家臣たちの配置も大幅に変わった。

ボートワン様に与していた人たちは軒並み左遷され、ザッパーク様を支持していた家臣たちがそれにとって代わる。

こうしないと統治が安定しないので仕方がないけど、元ボートワン派の家臣たちから不満が出ても仕方がない。

自分たちが悪いのだけど、それを素直に認められる人は非常に少ないからだ。

「彼らは、潜在的なザッパーク氏の反抗勢力だからね。それでも彼は、彼らを用いなければならない」

ボートワン様についた人たちを使わなかったら、確実に領地が回らなくなってしまうからだ。

人口も減って、経済力も税収も落ちてしまうだろう。

「たとえ大貴族でも、すべての家臣やその家族、領民がその人を支持しているわけがない。心に異心を持っている者たちもいるのさ。それでも当主は、彼らも呑《の》み込んで領地なり家を治めなければならない」

「貴族って大変ですね」

「だから私は、次男でよかったと思うよ」

もしイワン様が当主になっても、上手くやれそうな気がする。

すべてを呑み込んで、きっといい当主になれるであろう。

本人は嫌がりそうだけど。

「巡検使として自由に旅をして、その地方の美味しいものを食べ、酒を嗜《たしな》み、美しい景色を見て、面白い人たちと出会う。お気楽でいいね」

とは言いつつも、ラーフェン子爵家のお家騒動を解決するのにもっとも貢献したのはイワン様だからなぁ……。

魔法で作り出した幻覚でボートワン様たちを欺き、屋敷に侵入してフランツ様の遺体を回収してきた。

そう簡単には教えてくれないだろうけど、これまでにもこういう危険なことをしてきたはず。

命の危機もあったかもしれない。

でもそんな苦労を自慢気に語るようなこともせず、まさしく大人のいい男って感じね。

親分さんみたい。

そういえば、親分さんは元気かな？

今『ニホン』がある地区は、本当に取り壊されてしまうのかしら。

「今回、私には大きな収穫があったね」

「この島の海の幸ですか？」

「それもあるけど。ユキコ、君に出会ったことかな？」

「私ですか？」

私なんて、ただの飲食店店主ですけど……。

巡検使であるイワン様の方が凄い人だと思う。

「君は戦いになって犠牲者が出ないよう、一時休戦と見せかけるために祭りを行い、ボートワン一派を美味しい料理とお酒で会場に釘付けにした。プロの軍人ではなかなか思いつかない、面白い策だと私は思うよ。珍しくて美味しいものが飲み食いできると聞いて、屋敷の警備をサボった奴らがいてね。屋敷に残っていた警備兵たちも酔い潰れていたし、とても侵入が楽だったのさ」

それは、ボートワン一派の人たちが不真面目なだけだったような……。

「地方貴族の兵たちなんてそんなものさ。普段は他の仕事をしていたり、猟師やハンターをしている者は、まだ戦闘力では貢献できるからマシな方かな？　呼ばれた時だけ兵士っぽいことをするわけだ。それでもいると面倒だけど。おかげで私も強硬策に出ずに済んでよかった。一人二人なら、戦闘不能にするのも已《や》む無《な》しと思っていたけど、殺さないようにするのは難しいからね。それに手間取ると、フランツの遺体の回収に失敗していたかもしれない」

大半の貴族たちが常備兵など雇う余裕はないので、兵は家臣の子弟や領民から選ばれた者たちだったりする。

当然、常備兵を抱えている王国や大貴族になど歯が立つわけもなく、それでも十分な兵士がいれば、イワン様は任務に失敗したかもしれないわけね。

「それに君は……」

そう言いながら、イワン様は顔を近づけてきた。

ああっ……やっぱりいい男ね。

親分さんといい勝負かも……でも、親分さんのような哀愁や渋さが足りないかも。

「聞いたところによると、私と同じような魔法を使えるようだね」

「私は調理に使える魔法と、食べ物や水、調理器具しか収納できませんので」

「変わってるね。私も攻撃魔法は苦手な方でね。『分身』とか『収納』とか、戦闘にあまり関係ない魔法ばかりなのさ」

イワン様が別の空間にものを仕舞える魔法が使えると聞いたのは、私がボートワン一派を屋敷から引き離すために祭りを開くと提案し、フランツ様の遺体を屋敷から盗み出す人員を決めようとした時だった。

イワン様は、自分一人でやると立候補した。

私は、フランツ様の遺体は腐らないよう氷漬けにされて重たくなっている可能性を指摘し、イワン様一人では難しいと意見したのだけど、彼は魔法で『収納』すれば大丈夫だと答えた。

一人でやった方が、特に私たちは祭りの会場にいた方が警戒されないと提案し、実際にボートワン一派の油断を誘えたのは事実であった。

「君はなかなかに面白いね。王都で美味しい串焼きと珍しい料理を出す酒場の、女性店主の話は朧《おぼろ》げに聞いていたけれど。確かに君は面白い」

「面白いですか？」

「同時になかなか魅力的な女性でもある。噂のお店は、現在お店のある地区が、王国の再開発計画に巻き込まれて混乱しているから休業中だとか？」

「お詳しいですね」

この人、私のことを知っていたようね。

「お店が再オープンしたら、私も寄らせてもらうよ。今から楽しみだ」

「お待ちしております」

とはいえ、いつお店は再開できることやら。

でも、イケメンで優しく、頼りがいのある巡検使さんに出会えたので、これは目の保養になってよかったかもね。


「ユキコさん、イワン様はどうなされたのですか？」

「次の巡検があるって、先に島を出てしまったのよ」

「そうですか……イケメンで目の保養になったんですけどねぇ」

島を船で出て小さな漁港に戻り、今度は北西方向を目指して旅を続ける私たちであったが、ララちゃんはイワン様との別れに未練を感じているようだ。

主に目の保養的な理由で。

私も同意見だけど……やっぱり親分さんの方がいいかも。

「いかにもデキるって感じの人ですよね」

「そうそう」

ただのイケメンではなく、あの人はとても優秀で、さらに誰にでも優しいときた。

きっと女性にモテるんだろうなと、思ってしまうわけよ。

「ボンタ君も、イワン様みたいに素敵な男性になってほしいなぁ」

ボンタ君は十五歳で、イワン様は今二十五歳だそうだ。

つまりボンタ君には、あと十年の猶予があるということ。

「頑張って、ボンタ君」

「ユキコさん、さすがに顔の造りはどうにもなりませんよ」

「ララさん、それはないですよぉ」

「そうよ、ララちゃん。男は顔じゃないのよ」

「とは言いつつ、女将さんの周辺にいる男性はイケメン揃《ぞろ》いですけどね」

親分さん、ミルコさん、アンソンさん、そしてイワン様。

確かにイケメンが多いわね。

「……ボンタ君は料理の才能があるから、きっといつかいい女性と出会って、一緒にお店をやるような将来になるって。可愛い子と出会えるわよ」

「そうですよね。僕は頑張って腕を磨いて、可愛い子と知り合いますよ」

「「……」」

やる気を出してくれるのはいいのだけど、一つ引っかかることがあった。

ボンタ君は、私、ララちゃん、ファリスさんをまったくそういう対象として見ていないという。職場の仲間なのでそれでいいと思うけど、せめてお世辞だけでも『女将さんのような女性と結婚したいです』とか言ってくれたらよかったのに。

「「……」」

ボンタ君の後ろを歩いているララちゃんとファリスさんの目は、私と同じことを語っていた。

お米も手に入り、ラーフェン子爵家のお家騒動も無事解決したけど、どうやらまだ王家の区画整理にかかわる騒動は解決していないようで、でもさすがにこれ以上南下するには船に乗って他国に行かないといけないから、今度は別の街道を北上してゆっくりと王都を目指そうと思う。

第七話　あの薬

「ユキコさん！　本当に一人で魔獣が多数生息する森の奥に行くのですか？」

「ええ、どうしても今の私には必要なものがあって。それが『リザルトの森』の奥で採れるって話だから」

「私も、ボンタさんも、女将さん。ファリスさんも同行します！　させてください！」

「そうですよ、女将さん。一人だけで行くなんて水臭いです！　させてください！」

「私たちは店主と従業員だけの関係ではなく、友であり仲間ではないですか。その欲しいものの入手、私たちもお手伝いしますから。お米の時と同じように！」

「四人で行けば成功率も上がります。ユキコさんがいくら強くても、危険な場所に一人で行くのは無謀ですよ。新しい食材が欲しいんですか？」

「それなら、お店の新しいメニューにできるかもしれませんね。絶対に僕も同行します」

「私も魔法の特訓になりますから。それで、女将さんはなにを探しているのですか？」

「（……胸を大きくする薬の材料……）」

「えっ？　小さくてよく聞こえません。なにを大きくする薬の材料ですか？」

「……胸？」

「えっ？　もう一度教えてください」

「胸を大きくする薬よぉ――――！　ファリスさん、聞こえたかしら？」

「胸ですか？　ユキコさんの胸はそこまで小さいですか？」

「ララちゃんとファリスさんの胸と比べると特にね」

「「……」」

「ちなみに、ボンタ君も」

「あのぅ……僕のは胸板が厚いんだと自覚している次第です。胸じゃないですよ」

「とにかく！　私的な用事だから！　私は一人で行くから！」

「でも一人は危険ですから！　食材探しも一緒にってことで……ねえ、ユキコさん」

「うう……」


私の胸は、日本人としては平均的……最近の若い子は発育が良すぎる……と言ったら平均的なのよ。

それが、西洋人っぽい住民が多いこの世界に飛ばされてみたら、私の胸は一気に平均以下になってしまった。

今の私が、これから胸が大きく成長する時間的猶予もさほど残されておらず。

十四歳なのに同年代の平均を超える胸を持つララちゃんに、これはもう見事な巨乳であるファリスさんもいて、私の胸はますます小さく見えてしまう。

彼女たちと比較されてしまうわけだ。

これまで密かに、食事や運動で努力してみたけどまったく効果がなかった。

駄目なのかと諦めかけていたその時、あの島の近くにある漁港から徒歩で北西に一週間ほど。

森の中にあり、周辺に魔獣が多く生息していて狩場として有名な町で、私はとある噂を耳にした。

『胸に塗ると巨乳になる魔法薬』なるものが存在し、その材料が町から大分離れた森の奥にあるというものであった。

胸に塗ると巨乳になる……。

怪しいネット通販商品みたいだけど、この世界に普及している魔法薬の中には、地球ではあり得ない効能があるものも多かった。

絶対ないとは言い切れない以上、私はその可能性に賭けてみたくなったのだ。

このままなにもせずに胸の大きさがそのままであるよりも、一縷《いちる》の望みに賭けてみたい。

それが人間というものじゃないかしら。

というわけで、まさかララちゃんたちに迷惑もかけられず、私は一人でその魔法薬の材料を探しに行こうと思ったのだけど……まさか止められてしまうとは……。

一人で行かないと恥ずかしいという理由もあったのだけど、もうバレてしまったから仕方がないか。

ついでに、他の食材も採集すれば言い訳も立つ。

というわけで、私たちは四人で胸を大きくする魔法薬の材料があるという、リザルトの森の奥へと進んで行くのであった。

きっと、そこには希望があるはずだから！


「はあ？　グレイトモスキートの毒液が一番の目的だって？　そんなこと、俺は認めないからな！」

「私がリーダーなのよ！　リーダーの命令に従いなさい！　それに、森の奥に向かいながら通常の狩猟と採集も行うわよ！　森の奥に到着したら、ちょっとグレイトモスキートの毒液を手に入れるだけだからいいじゃない」

「俺はそんなものいらない。必要ないし、高く売れるわけでもないしな」

「私が必要なのよ！」

「グレンデルは、そんなものいらないよな？」

「ええと……リルルちゃんにはとても必要なもので、リルルちゃんは普段リーダーとして頑張っているし、グレイトモスキートの毒液だけ採取するってわけでもないから……そのくらいならいいと思う」

「グレイトモスキートは倒すのが面倒なんだよ！　俺は嫌だぜ！」


森の中を移動していたら、若い男女の口喧嘩《くちげんか》が聞こえてきた。

少女が二人と、やんちゃそうな少年が一人。

三人共、ボンタ君、ララちゃんとそう年齢は違わないはず。

ファリスさんは十六歳なのだけど、彼女は落ち着いた人で、言うまでもなく胸も大きいので、とても大人びて見えてしまう。

私も含めて、みんな『ファリスさん』って呼ぶくらいだから。

それで違和感もないし。

「女将さん、ハンター同士の喧嘩《けんか》ですね。よくあることですけど」

「ファリスさん、知ってるの？」

「ええ、特に結成間もないパーティでは。よく魔法学院の生徒たちがパーティを組み、アルバイト目的や、なかなか手に入らない素材を求めて森に入るのですけど、よく喧嘩になりますね」

「そうなんだ」

命がけだし、仕事の方針や、報酬の分配、男女が混じるので人間関係で揉めそうなのは理解できたわ。

でも私は、ララちゃんと出会ってからお店を開くまで一緒に討伐と採集をしていたけど、喧嘩になったことがないんだけど、これが。

二人きりだったからかしら？

「私とユキコさんは仲良しなので、喧嘩なんてしませんよ」

「どんな理由で揉めているんでしょうかね？　男性の方に不満があるようですけど……」

聞き耳を立てると、パーティのリーダーらしき女性がとある魔獣の毒液の採取を決定し、それに少年が反発しているようね。

そんなもの、大した金にもならないのに、森の奥でないと採取できないので面倒だと。

「森の奥で採れるグレイトモスキートの毒液……ええと……」

同じく聞き耳を立てていたボンタ君の視線が痛い……。

なぜならそれは、私も求めているものだから。

「あのリーダーの女性……」

ファリスさん、私とリルルという名の赤髪ポニーテールの少女の胸を見比べるのはやめて！

いくら自分の胸が大きいからって！

言うまでもなく、リルルという少女の胸は慎《つつ》ましやかだった。

「あのグレンデルという女の子は板挟みになって大変ですね……あっ」

ララちゃん、気がついてしまったのね。

二人の間で板挟みになっているグレンデルという少女の胸の大きさが、ファリスさんと遜色ないレベルなのを。

つまりあのパーティは、私たちと同じような……でも、私はリルルという少女よりは若干胸が大きい……はず。

勝てたところで、共に……これ以上はやめましょう。

「女将さん、どうしますか？　あんなところで喧嘩していたら危険ですよ」

ここは魔獣の棲《す》み処《か》だから、無警戒なまま喧嘩なんてしていたら思わぬ奇襲を受けてしまうかもしれない。

ボンタ君は優しいわね。

私の胸が小さいと思っているのが態度に出ているのは許せないけど。

「あなたたち、喧嘩なら町でやりなさいな！」

「はあ？　他人がうちのパーティのことに口出しするなよ！」

見た目どおりというか、ヤンチャな少年は私の忠告に大きく反発した。

若いから仕方がないのかな。

でもね……。

「ボンタ君！」

「はい！」

私が合図すると、ボンタ君は大斧《おおおの》を持って少年たちにとって死角となる方向に向けて走り出した。

「なんだ？」

「「えっ？」」

やはり、気がついていなかったみたいね。

口喧嘩に夢中になりすぎて、三人の死角から、巨大なワイルドボアが突進して来たのを。

ワイルドボアは猛獣だし雑食でもあるので、突き飛ばされて大怪我《おおけが》をして動けなくなったら、人間も食べられてしまう。

日本の猪だって、小動物などを捕獲して食べることもあるのだから。

「えいっ！」

ボンタ君を視界に入れた巨大なワイルドボアは標的を彼に変えるが、彼は至近で魔猪の突進を回避し、すかさず横合いから大斧で首に一撃を入れた。

頸動脈《けいどうみゃく》を断ち切られたワイルドボアは、大量の血を流しながら、つんのめって動かなくなってしまう。

すぐ近くまで滑り込んで来た巨大なワイルドボアを前に三人は、顔面を蒼白《そうはく》にさせていた。

もしボンタ君が手を打たなかったら、三人は巨大なワイルドボアに跳ね飛ばされていたからだ。

それで動けなくなれば、あとはワイルドボアを含む魔獣たちの餌となってしまう。

体を食べられ続け、悲惨な最期を迎えたかもしれないのだ。

「狩猟と採集の方針は、森に入る前に決めておきなさい」

私だって、恥を忍んで胸を大きくする魔法薬の材料……まあ、グレイトモスキートの毒液なんだけど……の採取をパーティで決定したのだから。

無謀にも一人で行くつもりだった件は、わざわざこの三人に言わなくてもいいわよね。

「すまねえ……」

ツンツン頭のヤンチャな少年は、口調はぶっきらぼうながら素直に謝ってきた。

悪い子じゃないようね。

顔立ちもいいので、将来は女性が放っておかないかも。

「普通、今日は主にこの辺でこれを主目的に狩りをするとか、これを採集するとか、パーティで決めないのかしら？」

「リルルが、急に森の奥でグレイトモスキートの毒液を採取するって言い出したんだ。いくらリーダーでも勝手じゃないか。なぜかグレンデルも、リルルの味方だしよ……」

「……」

なるほど……。

ヤンチャな少年は、グレイトモスキートの毒液の効能を知らないのね。

グレイトモスキートはリザルトの森の奥だけに棲む巨大な蚊の魔獣で、これに刺されると毒液のせいで体が動かなくなってしまい、そうなったらもうあとはグレイトモスキートにすべての血を吸われてしまう。

かなり怖い魔獣なのだけど、これの毒液を極少量用いれば胸が大きくなるのだそうだ。

ただ、グレイトモスキートは倒しても実入りはないに等しい。

毒液のみが、他の特殊な魔法薬の材料だったりして、わずかに需要があった。

そんなに沢山必要ないので、大した値段では売れないそうだけど。

リザルトの森の奥は、かなり腕の立つハンターしか入れないので、ヤンチャな少年からしたら突然森の奥に行くと言われても……ということなのであろう。

気持ちはわかるわ。

で、リルルさんは、事前にグレイトモスキートの毒液を採取すると言いにくかった。

私とまったく同じなので……これも理解できる。

グレンデルという少女がリルルの提案に理解があるのは……というか許容したのは、リルルが胸のことで悩んでいるのを知っていたから。

多分この三人、友人同士なんだと思うけど、人間関係って難しいわね。

「森の奥には、貴重なキノコとか薬草もあるじゃない。他にも、珍しい魔獣もいる。ついでに、一匹くらいグレイトモスキートを採取してもそう手間は変わらないわよ。なんなら、今日は私たちのパーティと合同でやる？」

「いいのか？　その人なんて凄腕《すごうで》じゃないか」

ヤンチャな少年は、ワイルドボアを一撃で仕留めたボンタ君の腕前にえらく感心していた。

確かにあらためて他人からそう指摘されると、ワイルドボアを一撃で倒せるボンタ君は、優れたハンターや猟師なのであろう。

本人は頑《かたく》ななまでに料理人志望だけど。

狩猟や採集も食材集めの一環で、つまり私と同じってこと。

首に一撃入れてワイルドボアを倒す方法はあれが一番効率いいからで、私だって同じ方法で倒すようになっていた。

私の場合は剣やスコップを使うけど。

「別にいいわよ」

「そこのお姉さんも、魔法使いだろう？」

ファリスさんが魔法使いなのは、ローブ姿なので一目瞭然であった。

私も魔法を使えはするが、ローブ姿は性に合わないというか、攻撃魔法も使えず、魔法学院にも通わずなので、いまいち魔法使いとしての自覚がないからローブを着ようとは思わない。

あと、ローブをあまり着たくないという、極めて個人的な理由もあるけど。

ハンターパーティで、魔法使いが混じるなんて滅多にないからなぁ……。

魔法使いって、学生時代もそうだけど、複数の魔法使い同士で狩猟などをするパターンが多いって聞く。

魔法使いはバラした方が、狩猟と採集の効率が上がりそうだけど、生まれや職業気質のせいなのか、ハンターや猟師と魔法使いって相容れないことが多いみたい。

だから、ハンターパーティに魔法使いが一人もいないなんてよくあることだった。

魔法使いが作った魔法薬を購入してその役割を補うパターンが大半なのだ。

危険も多い狩猟採集で、魔法薬が作れる魔法使いを失うリスクを負うのは厳しいというのもある。

魔法使いもお金がない学生時代なら、自分で魔法薬の材料を採取することも多いけど、一人前になったら、材料は買った方が結局安くつくケースが大半であった。

業務の分担や、生産効率向上の話に近いと思うけど。

実際、彼らの中に魔法使いは一人もいなかった。

「まあ、あんたたちがいいのなら、構わないけど……あらためて俺はオルガ、こっちの赤髪がリーダーのリルル、そして弓使いのグレンデルだ」

オルガは剣を使い、パーティリーダーであるリルルは槍《やり》を、巨乳……いいなぁ……のグレンデルは弓を使っていた。

弓を引く時、胸が邪魔にならないのかしら？

私はつい、彼女の胸に魅入ってしまった。

あのくらいあればなぁ……親分さんも喜ぶかしら？

「あっ、あの……私になにか？」

「別に大したことじゃないの。二人の喧嘩の仲裁大変だったわね」

まさか彼女の胸に魅入っていたとは言えず、私はグレンデルがオルガとリルルの喧嘩の仲裁で苦労した件を労《いたわ》った。

「私たち、幼い頃からいつも一緒で」

「幼馴染《おさななじみ》ってわけね」

「はい」

ずっと一緒にいて気心は知れているから、まったく知らない人とパーティを組むよりはスタートダッシュが楽かもしれないわね。

「オルガ君は、あの……その……そういう細やかな配慮とか無理だから……」

胸の小さな女性が、それをいかに大きくしたいと願っているか。

それを解決する魔法薬の材料を取りに行くことを、男性に伝えるのがいかに恥ずかしいか。

だからリルルは、森に入ってから急に提案したのだ。

その気持ちを男の子が理解できるかは……その前に、オルガはグレイトモスキートの毒液が、胸を大きくする魔法薬の材料なのを知らないみたいだし……。

そんなもの、男の子には必要ないから当然か……。

「オルガ、そこは男らしく『俺に任せろ！』くらい言って頑張れば、女性にモテるかもよ」

「意味がわからねえ……」

「とにかく、二チーム合同だから森の奥の高価な素材が狙えるってこと」

「なんで魔法使いまでいるパーティが手伝ってくれるのかわかんないけど、俺たちはラッキーだな」

オルガ、安心して。

この提案、私にも十分利があるから。

それと、リルルが私の胸を見て『仲間だぁ』といった感じの表情を向けてきたけど、そんな風にお互いを慰め合うのも今日で終わりよ。

だって私たちは、明日にはファリスさんやグレンデルにも負けない巨乳になっているのだから。

「狩猟の時に、こんなにいい飯が食えるとは思わなかったな」

「携帯用の魔力コンロ……しかも自作っぽい……いいなぁ……リーダーとして購入を検討しようかしら？」

「リルルちゃん、私たちのパーティでは予算が……」

「そうよねぇ……」

狩猟と採集を続けながら、森の奥へと向かう二つのパーティ。

成果は順調で、時間も来たので昼食をとることにした。

魔獣の棲み処でノンビリ食事をとるのは難しく、それは食べ物の匂いがすれば魔獣たちを引き寄せてしまうからだ。

簡単に済ませる人が多いのだけど、私は食べ物に関する魔法なら得意よ。

食べ物というか、食事に関する魔法で、食事休憩中だけ張れる『魔法バリアー』により、私たちは温かい食事が常にとれるようになっていた。

この『魔法バリアー』。

周囲に料理の匂いが広がるのも防げるので、魔獣がいる場所で食事をとるのに最適なのよね。

「変な魔法だな」

「便利だからいいのよ。それに、私の本職は酒場のオーナー兼店長だから」

行動を共にするパートナーということで、リルルたちにも昼食を提供した。

今日は、キルチキンの肉の照り焼き、茹で卵のマヨネーズ和え、ワイルドボアのカツ、レタス、トマトなどを用いたサンドウィッチと、キルチキンのガラを用いた鳥スープに、デザートは冷えたカットフルーツとなっている。

狩りの最中なので簡単なメニューなんだけど、オルガたちからしたらご馳走みたい。

「温かいものが出るのはいいですね」

「魔法コンロ……いいなぁ……高そう……」

「あっ、これ私が自作したのよ」

「魔法道具の製作は難しいですし、材料も高価なので」

グレンデルの認識で正しい。

私の場合、作れたらいいな程度の感覚でファリスさんから作動原理と詳細な設計図が書かれた本を貸してもらい、試しに自作してみたのだ。

その本は、魔法学院の生徒なら誰でも簡単に見られるし、貸してもらえるそうだ。

それを読んでも、魔法道具が作れない魔法使いが大半らしいけど。

ちなみに、ファリスさんも魔法道具は作れないみたい。

その代わり、魔法薬調合の才能はもの凄いそうだけど。

カセットコンロを使う携帯コンロよりも構造が簡単だから、より複雑なものを知ってる私には作れたのかもしれないわね。

でも、調理器具以外の魔法道具はまったく作れなかった。

私の特性なのだと思うけど、調理器具や料理に関係する魔法道具は作れても、他はまるで駄目という。

飲食業を続けるのであれば、とても便利な特技ではあるのだけど、魔法だけでなくこういうところも調理特化なのはなぜなのか。

「狩猟の最中の飯なんて、空腹が紛れればいいなくらいに思ってたんだけど、ユキコの作る飯は美味《うま》いな」

年下なのに、私を呼び捨てにする。

いかにもヤンチャそうなオルガらしいけど、そんなに腹立たしく思わないのは、彼の得な部分かもしれない。

一応褒められているわけだし。

「いつもはどんなものを食べているの？」

「干し肉、ドライフルーツ、パンに水ってところだな。無事に狩猟が終わったら、町でちょっと高めの外食とか。あの町のハンターや猟師はみんなそうだぜ」

ララちゃんの質問に、オルガはサンドウィッチを頬張りながら答えた。

それにしてもよく食べるわね。

さすがは育ち盛りの男の子。

「リルルとグレンデルは、食事を作ってくれないの？」

「たまにだな。味は普通？　こっちはさすがにプロの味だよな」

言われるほど、私もプロじゃないけどね……。

この世界にはない、日本の味を再現したらウケただけだ。

(すぐにわかるほど落ち込んでいるわね……)

オルガから、『味は普通』と言われたリルルとグレンデルは、わかりやすいほどに落ち込んでいた。

この二人は、間違いなくオルガのことが好きなんだろうな。

でも、どうもオルガの方がまだ子供のままというか……。

リルルがグレイトモスキートの毒液を求めた件についても、彼女は胸の大きな自分をオルガに見せ、その気を引こうとしたのであろう。

問題は、オルガがまったくそのことに気がついていない点ね。

鈍いにも程があるというか……。

「やっぱりオルガは、料理の上手な女の子の方がいいの？」

「毎日食べるものだからな。美味いに越したことはないだろう」

と、私の問いに対し、ぶっきらぼうな態度で答えるオルガ。

生意気なんだけど、こういう少年はなぜか女子にモテるのよね。

どう考えてもオルガが器用に家事をこなすとは思えないので、彼の面倒を見たい系の母性本能が強い女の子が……リルルとグレンデルはそういうタイプか。

「ユキコは料理が上手だから、俺の奥さんにいいかもな」

「あんたねぇ……」

冗談でも、そんなこと言わないでよ。

リルルとグレンデルが、私に対し刺すような視線を飛ばしているんだけど……。

オルガの背中越しだから、こいつは気がつかないのか。

「私は年上の男性が好きだから。渋い人がいいのよ」

やっぱり男性は、親分さんみたいな人生の酸いも甘いも嚙《か》み分《わ》けた大人の人が最高なのよ。

「オルガはガキだから興味ないわね」

「酷い言われようだな」

オルガは私にフラれても、ショックを受けたように見えなかった。

間違いなく冗談で言ったわね。

「でも、俺もあと十年も経てば、年を重ねて大人の男性になるぜ」

それはそうだけど……。

「あっ、その頃にはユキコもおばさんか！」

「……」

このガキ……。

十年後でも、私はまだ二十代なのに！

この世界ではおばさん扱いかもしれないけど、日本だったらまだ若いお姉さんよ！

私は別の世界に来ても、日本の基準で判断するから。

つまりオルガには……。

「誰がおばさんよ！」

「痛ぇ！」

人をおばさん呼ばわりした罪で、私はオルガの頭頂部に渾身《こんしん》の拳骨《げんこつ》を落としておいた。

「女将さん、ここはいいですね。お宝の山ですよ」

「ファリスさん、いつもよりテンション高め？」

「だって、魔法薬の材料が沢山あるんですから」

グレイトモスキートの毒液を求めて……途中、多くの魔獣を倒し、食材や素材、魔法薬の材料も集めたのでオルガも不満はないはずだ。

森の奥に到着した途端、ファリスさんがハイテンションになった。

グレイトモスキートのせいもあるかもしれないけど、あまり人が入っていない分、森の奥はお宝の山だった。

「ボンタ君」

「わかりました」

ファリスさんがハイテンションすぎるので、不覚を取らないよう、冷静なままのボンタ君に護衛を頼んだ。

ララちゃんも、ファリスさんと一緒に素材や魔法薬の材料を採取していた。

グレンデルもそうか。

で、私とリルル、オルガの三人は目的のグレイトモスキートを探すことにする。

「リルル、グレイトモスキートってどのくらい大きいの？」

「人間くらい」

「デカっ！」

いくらグレートでも、大きすぎるわよ。

「蚊って小さくて、こっそりと血を吸うから生き残れると思うのだけど……」

そんなに大きかったら、かえって血が吸いにくいような……。

だからまずは、獲物に毒を注入して動けなくするのか……。

「人間や魔獣の血はそうそう吸えないので、駄目なら植物や木の水分を吸って産卵のための栄養を蓄えると聞いたわ」

まあ、それだけ大きければね……。

もの凄く素早く動けるのなら、まだやりようはあると思うけど……。

「寝ている魔獣に忍び寄って、こっそりと血を吸うこともあるって。本にそう書いてあったわ……いたっ！」

リルルが見た方を向くと、そこには巨大な蚊がいた。

「巨大な昆虫って、やっぱり不気味よね……。あっでも。意外と脚とかが太いから、もしかしたら食べられるかも」

「食うのか？　アレを？」

「試してみる価値、あるじゃない」

グレイトモスキートは、血を吸う針の根元にある毒袋に毒液を蓄えているそうだ。

その毒袋以外の部分で毒があるところはないようね。

となると、これは食べられるかも。

ハニービーだって、甲殻類みたいな味がして美味しいのだから。

「俺には理解できないな……とにかく毒袋がいるんだろう？」

正確には、毒袋の中に入っている毒液だけど。

これをちょっと加工するだけで、私の胸が……ふっふっふっ……。

「なんだ？　気持ち悪い奴だな。ユキコは」

失礼な！

せっかく人が巨乳になって、『毎日肩が凝って大変なのよ』とか、みんなに自慢げに語る未来を想像していたのに。

あんたには、貧乳女子の気持ちなんてわからないわよ。

そう思いながらリルルを見ると……。

「ふっふっふっ……これでオルガも……」

きっとリルルも、私と同じようなことを考えているわね。

でも、グレンデルという巨乳少女がいるのに、肝心のオルガの反応が薄いというか……。

男子は巨乳が好きなんじゃないの？

親分さんも、いざ私が巨乳なら嬉しいと思うのよ。

「まずは、素材を確保する！　えいやぁ――――！」

「わっ、私も！　とう！」

やはり明確な目標があると、俄然《がぜん》やる気が違ってくるわね。

私もリルルも、次々とグレイトモスキートを倒していく。

魔法は使えなくても、オルガたちって腕のいいハンターみたいね。

グレイトモスキートもそんなに強くなく、おかげで沢山のグレイトモスキートの毒液が確保できた。

「こんなものかしらね？」

「ユキコさん、これで十分ですよ。これで私たちは……」

「そうね！　ついに！」

もう誰にも、私たちを貧乳なんて呼ばせない！

王都にある大衆酒場『ニホン』の女将は、巨乳女将……いえ　巨乳看板娘として名を馳《は》せるのよ！

そして親分さんも、私の豊かな胸に釘付けになる！

「ユキコさん、楽しみですね」

「本当、楽しみよね」

共に貧乳に苦しむ同士。

私たちの未来にはもう希望しかないのだと確信しながら、大量に獲得した食材や原料と共に町への帰路につくのであった。

「というわけで、グレイトモスキートの毒液を加工した、巨乳になる魔法薬がここに」

「素晴らしいですね」

「本当、大変に素晴らしいわ」

数日後。

私とリルルは、町の魔法薬屋さんにグレイトモスキート毒液を多めに渡すことで、巨乳になる薬を無料で作ってもらった。

今、私とリルルは二人きりで、彼女の家の彼女の部屋にいる。

共に貧乳に悩む者同士、私たちは厚い友情で結ばれたのだ。

同じ目標に向けて苦難を乗り切った仲なのだから、仲良くなって当然というわけ。

「ユキコさん、これが薬と一緒に貰った説明書です」

「説明書どおりにしないとね」

間違った使用方法で効果がなかったら、それこそ目も当てられないのだから。

「なになに……『本日は、巨乳薬をご購入いただきありがとうございます』か……まずは挨拶からなのね……」

「ユキコさん。次ですよ。次」

「そうね。『ええと……まずは、薬に同封している針がちゃんと付属しているか、ご確認願います』。あるわね」

「針ですか？」

針？

なにに使うのかしら？

「次は……『針は使用前に熱湯などで煮沸消毒をするか、火で炙るなどして確実に消毒をお願いします』。針を刺すの？」

「ちょっと不安になってきました」

多分これは、薬の効果を胸の奥まで行き届かせるのに必要なものなのよ。

虎穴に入らずんば虎児を得ず。

ちょっとくらい、痛いのは我慢しないと。

「『針にたっぷりと薬を浸し、これを胸の各所に刺していきます。なるべく胸の奥にまで浸透させてください。すると、胸が腫れてきます。この状態を維持すれば、あなたも巨乳に……』できるか！」

「騙された！」

原料が毒液の時点で気がつくべきだった！

ずっと胸が腫れた状態だから巨乳になっただなんて、そんなの詐欺じゃないの！

「だから、グレイトモスキートの毒液って安いんですね……」

事実を知れば、使用者がいなくなる魔法薬……。

需要がないから、その原料が安くて当然というわけね。

他の使用目的でも需要が少ないみたいだから……。

こうして私たちは、なによりも求めていた巨乳への道を一旦諦める羽目になったのであった。

でも、どこかに副作用なしで巨乳になる魔法薬があるはずよ！

いきなりこの世界に飛ばされ、元の世界に戻れないのであれば！

それくらい見つけられなくてどうするのよ！

きっと、見つけてみせるから！


「ユキコさんたちは、もうこの町を出て行かれるのですか。寂しいですね」

「お店が再開できるまでの間、新たな食材を探して新しい料理を作り、新メニューの候補にするのが旅の目的だから。またこの町にも遊びに来るわよ」

「その時は歓迎しますから」

私の胸は巨乳にならなかったけど、沢山の食材を得られたので大満足……そう、大満足なのだ。

それに、私は巨乳になるのを諦めたわけではない。

この世界のどこかに、きっと私を巨乳にしてくれる方法があるはず。

そんなわけで、グレンデルと別れの挨拶をしていたのだけど……。

「あれ？　リルルさんは？　あとオルガも」

ボンタ君は、リルルとオルガが見送りに来ないことを不思議に思っていた。

昨晩は必ず見送りに行くと言っていたからだ。

「寝坊でもしたんですかね？」

「先日は、森の奥まで大変でしたからね」

でもファリスさん、それは何日も前の話だから。

若いんだから、疲れが何日も取れないなんてことは……と思ったら、二人がやって来た。

「二人とも、寝坊したの？」

「すまないな、今日はどういうわけか起きられなくてな」

「私も普段は、寝坊なんてしないんですけどね……ははは」

到着するなり謝る二人だったけど、私は気にしない。

だって、子供なオルガはともかく、リルルは同じ悩みを抱える親友同士なのだから。

ところが、私のそんな気持ちはわずかな時間で完膚なきまでに砕かれてしまった。

「リルルちゃん、寝坊したのにオルガ君と同じ方向から来たよね。リルルちゃんの家は反対側のはず」

グレンデルの指摘により、私たちの間に大きな緊張が走った。

同じ時刻に寝坊し、家の方向がそれぞれ逆方向なのに、二人は同じ方向から……。

それはつまり……。

「お泊まりかぁ――――！」

この二人、まだ十五歳なのに……いや、この世界だと特に珍しくもないのか……。

「まあ、そういうことだな」

「オルガがなかなか起きないから悪いのよ」

「俺の寝起きが悪いことなんて、リルルは十分に承知しているだろうに」

「知ってるけど、今日は駄目でしょう」

「わかったよ」

この二人、もう本物の夫婦みたい……。

すでに大人の階段を上ってしまったのか？

私なんて、まだ彼氏いない歴＝年齢の独身なのに……。

「女将さん、グレンデルさんが……」

「……」

ファリスさんに言われてグレンデルの様子を確認すると、彼女は失恋のショックで呆然《ぼうぜん》としていた。

彼女もオルガのことが好きだったからねぇ……。

リルルが懸命に巨乳になろうとしていたのを見ていて、自身が巨乳であるグレンデルは自分が負けるとは思っていなかったようね。

（リルルさんは胸の大きさを気にしていましたけど、肝心のオルガさんは気にしていなかったのでは？）

簡単に説明すると、ララちゃんの語ったとおりだったという。

「オルガは、胸が大きい女性が好きって聞いたけど？」

「誰がそんなことを？　別に胸の大きさなんて関係なくないか？　女性を好きになるのにさ」

「そうなんだ……」

ボンタ君が探りを入れてくれたけど、オルガの返答はイケメンそのものだわ。

子供っぽい部分もあるけど、オルガがモテるわけね。

「ユキコさん。そういうわけなので、私はもういいかなって……」

「なっ！」

今回の魔法薬は見事に失敗だった。

だから私たちは誓ったのだ。

もし私が巨乳になる方法を見つけた場合、必ずリルルにもそれを教えると。逆もまた然り！

私の友情は、見事に裏切られてしまった。

これを不幸と言わずに、なんと言えばいいのか。

「ユキコさん……」

「グレンデル……」

とここで、失恋のショックで放心していたグレンデルが私に声をかけてきた。

リルルによる思わぬ裏切りにより、私は友をなくしてしまった。

でもここに、新しい友グレンデルが……って！

そうなるわけがないじゃない！

「あなたには、この巨乳があるからいいじゃないのよ！　大丈夫よ！　あなたは可愛いし、きっといい人が見つかるわよぉ――――！」

「ふぇ――――ん！　ユキコさん！　私の胸を揉まないでくださぁ――――い！」

「こんなに大きくて！　少しでもいいから分けなさいよ！」

「無茶言わないでくださぁ――――い！」

グレンデルめ！

こんなに柔らかくて大きくて！

羨ましいわ！

「あの……ユキコさんは、胸がなくても十分に魅力的ですから」

「実際、複数の男性にモテてますよね」

「確かに……」

そうかもしれないけど、私はやっぱり巨乳になりたいのよ！

もしそうなったら、私も『ニホン』の巨乳看板娘になって、親分さんが私に積極的になるかもしれないのだから。


あっ、そうだ！

それとこれは別として、私たちはちゃんと友達になったので！

第八話　アリの町

「うわっ、城壁の際までアリの魔獣でビッシリ……今、ここを出るわけにはいかないですよね？」

「個人の行動に掣肘《せいちゅう》をかけられないので自由にしてくれて構わないが、ここを出たら最後、アリの大群に捕らえられて、連中の巣にご招待だ。そして、新しく生まれたアリの幼虫たちの栄養分となる。それでよかったら、いつでもどうぞ」

「遠慮させていただきまぁ――――す」

「二～三週間の話だ。我慢してくれ」

いまだ王都のお店を再開できる目処が立たず、私たちは旅を続けていた。

途中、城壁に囲まれた小さな町に寄ったのだけど、宿に泊まった翌日、まさか町が人の胸ほどの高さまである大きなアリの大群に包囲されているなんて……。

これは予想外というか、自分が宿泊していた町がアリの大群に包囲されている可能性について考慮している人はまずいないと思うけど……閉じ込められてしまったのは確かなのだ。

「ああ、これはしくじったぁ……しばらく町を出られないじゃないか」

私たちが唖然《あぜん》として城壁の上からアリの大群を見ていると、商人らしき中年男性が『見誤った』といった表情を浮かべていた。

この町に仕事で来て、私たちと同じく町から出られなくなってしまったみたいね。

「お嬢さんたちもかい？」

「私たちは初めてこの町に来たので、アリの群れが押し寄せるなんて知りませんでした。朝起きてみたら、もう町から出られなくなっていて……」

「それは災難だったね。ここは、別名『アントシティー』と呼ばれている。このように、魔獣である大きなアリの大群が城壁傍まで定期的に押し寄せてくるところなのさ」

巨大なアリの大群が押し寄せてくる……。

とんでもない町ね、ここは。

「だから城壁があるんですか？」

「鋭いね。お嬢ちゃん」

ララちゃんの推論を聞き、それが正しいと褒める商人のおじさん。

私は『お嬢さん』で、ララちゃんは『お嬢ちゃん』。

ここに、私とララちゃんとの間にある大きな年齢差を感じてしまう……たった二つ違いなのに！

「ここは王国直轄地でもある。昔はとある貴族の領地だったんだが、数十年前から、突然アリの大群が押し寄せるようになった。零細貴族の財力でこの城壁を整備できるわけがなく。かといって、他の対策を立てたわけでもない。領民たちに多くの犠牲者を出してしまってな……」

その罪で貴族は改易されてしまい、今は王国直轄地になっているそうだ。

王都から派遣された代官がこの町を統治し、巨大なアリへの対処を担当していた。

「今回はかなりペースが早かったなぁ……もう少しあとだと思っていたんだが……しょうがない。

「まさか無理に外に出てアリの餌にされるわけにいかないから、大人しく待つとするか」

城壁から見下ろすと、アリの数は尋常ではなかった。

どんなに強いハンターでも、外に出るのは危険であろう。

とにかく数が多すぎるのだ。

「女将さん、これからどうしますか？」

「商売でもして待つしかないわね」

「小さな町なので、観光する場所すらないですからね」

じゃあずっと休んでいるのかといえば、それも性に合わない。

ファリスさんとボンタ君も同じようで、私たちはこの町でも串焼きやモツ煮込みの販売を始めることを決意する。

まさか水面下で、とんでもない危機が訪れているとも知らずに。


「火事だぞぉ――――！　消火を急げ！」

「食料倉庫じゃないか！　早く消せ！」

「見張りはなにをしていた？　本当に洒落《しゃれ》にならんぞ！」

「火事？　この小さな町で？　しかも城壁に囲まれていて、アリのせいで脱出も困難じゃないか！」

「備蓄食料は無事か？」

「駄目だ！　ほとんど焼けてしまった！」

「はあ？　アリは昨日来たばかりなんだぞ！　どうするんだ？」

「どうするもなにも……王都から応援を呼べば……」

「一ヵ月はかかるぞ！　間に合うものか！　食料倉庫が全滅したのなら、この町にいる人たちは一週間で飢え始めるぞ」


恒例行事であったはずの巨大アリの大群の来襲であったが、思わぬアクシデントにより大騒ぎとなっていた。

ここは小さな町だけど、王都へ向かう主要な街道の中間地点にあるため、多くの旅人たちが休憩地としてよく利用している。

町の規模の割に人口が多いけど、アリのせいで城壁の中にも周囲にも畑が見えない。

農業に適した土地が少ないので他から輸入しているそうで、町の食料自給率はかなり低かった。

さらに、緊急時に備えて備蓄用の食料倉庫があったのだけど、ここが昨晩火事で焼けてしまったのだ。

食料倉庫は全焼に近く、ほとんどの食料が……それも小麦などがすべて焼けてしまった。

「予想よりも早いアリの来襲だったので、各家庭の食料備蓄量にもあまり期待できない」

いつもは大体同じようなペースで来襲するので、この町の住民たちはそれに合わせて独自に食料を備蓄するのが習わしだった。

ただ、これまでずっと一定の間隔でアリたちが来襲していたため、今回のようなイレギュラーに対応できなかったみたい。

これまでずっと同じ間隔だったから、という油断があったのだと思う。

「色々とまずいですよね？」

「ああ、食料倉庫の火災の原因は放火だ。つまり、意図的に誰かがこの町を危機に陥れたとも言える」

「放火ですか？　こんな時になんの目的でですか？　もしかして、手持ちの食料を高く売るためとか？」

「お嬢さんは、なかなかに独創的な意見を思いつくな。でも違うと思うよ」

「食料倉庫が放火で焼けてすぐ、大量に食料を持ち込んだらその人が疑われますからね」

「放火犯が、そういう意図で動いていないことだけはわかったんだ。どうして俺がそう確信できるのか知りたいかい？」

「はい、知りたいです」

アリの大群に閉じ込められてピンチな以上、少しでも情報は欲しいところ。

私だけじゃなくて、ララちゃん、ボンタ君、ファリスさんもいるのだから。

「串焼きを一本奢《おご》ってくれたら話そう」

「一本でいいんだ！」

町に閉じ込められた私たちは相変わらず暇を持て余し、港町で下拵《したごしら》えしたけど余っていた串を焼いて販売して小銭を稼いでいた。

数名のお客さんの中にいる昨日知り合った商人のおじさんから、色々とこの町の情報を聞き出していたのだけど、随分と事情通なのは商業柄なのかしら？

「実はこの町の代官に頼まれたのさ。食料があったら売ってほしいってな。俺の専門は魔法薬とその材料なので腹の足しにならないし、単価も高い。断るしかなかったけどな」

魔法薬の材料なんて食べても、お腹は膨れないから当然よね……。

美味しくないし、ものによっては食べすぎると毒になってしまうから。

「他の商人たちも聞かれていたな。売っていた奴もいたが、量が少ないから焼け石に水だろう」

いい儲けの機会だったかもしれないけど、食料を持っていなければ意味はないか。

「なにより困るのが、そのせいで食糧不足だという情報が住民たちに漏れてしまったことね」

「そう、もうとっくに町中の連中は今回は危ないと気がついている。食料倉庫が全焼したことは町中の人間も知ってるからな」

商人のおじさんも、私たちにペラペラ話しているからね。

情報の統制は期待できないでしょう。

頼みの綱であった食料倉庫が焼けてしまい、商人たちから確保できた食料も少ない。

パニックにならなければいいけど……。

「ユキコさん、食料の徴発とかありますかね？」

「どうかしら？」

商人たちに食料を売ってくれと頼んできたけど、徴発はしていない。

まだ余裕があるからかもしれないけど、下手に食料を徴発したことが知られると、住民たちが『これは、いよいよ危ない』と、大パニックに陥る危険があるからかしら？

「アリは食べられませんかね？」

「食べられる、と聞いたことはあるな」

「本当ですか？」

商人のおじさんからアリが食べられると聞き、ファリスさんは驚きの声をあげていた。

まさか、本当に食べられるとは思っていなかったのであろう。

「やめた方がいいけどな」

「不味いからかしら？」

「いや、アリは怖いんだよ。あの城壁に近づいてアリを倒すのはやめておけ」

群れで行動しているアリは、仲間が倒されるとその死骸を回収しようとするそうだ。

「アリを狩るのなら単独で行動している個体だけにしておけ。城壁に迫ったアリを殺したら大変だぞ。とても攻撃的になるという特性があるんだ。仇《かたき》を討つために、仲間の死骸を積み上げて城壁を昇ろうとすることもあるらしい。とにかくアリには手出し禁止。代官に罰せられるぞ」

仲間が死ぬと死骸を回収しようとし、仲間を殺した者に復讐《ふくしゅう》しようとする。

それでさらに仲間が倒れても、それをやめないみたい。

計算が伴わない、仲間の復讐を必ず果たそうとする魔獣。

これは危険ね。

「ということは、アリたちが大人しく去るまで待つしかないってことですか？」

「そうなるな。巣のアリたちを全滅させるという手もあるが……」

とにかくあの数なので、それは難しいわね。

つまり、アリたちが去るまでここで串焼きを売るしかないと。

旅の途中でも狩りを続けて、魔獣の肉やモツを『食料保存庫』に沢山入れておいてよかった。

「はあ……この串焼きも、あと何日食べられるか……」

商人のおじさんは、私が奢った串焼きを惜しむようにゆっくりと食べていた。

普通に考えたら、私が持っている食料の量なんてたかが知れているから、あと何日で串焼きが売り切れになるのかと思っているんだと思う。

「串焼き五本！　お任せで！」

「こっちもだ！」

臨時店舗というか、屋台みたいなものだけど、初日にしてはお客さんが多かった。

町の有名なお店にお客さんが殺到してしまい、たった一日で食材不足のため品切れ、次はいつお店を営業できるか目処が立っていない、みたいなところも増えてきたそうだ。

たった一日で……。

旅行者は勿論、町に住んでいる人たちもお店を利用していた。

自宅に多少の備蓄があったとしても、そんな量では数日しか保たない。

まず先にお店で食事をとり、自宅に備蓄した食料は最後の手段とする。

という、方針なんだと思う。

もしかして、これって町の住民たちと旅行者たちの仲を裂く離間策かも。

放火犯の目論見《もくろみ》どおりかもしれないわね。

「お嬢さん、大分儲かっているんじゃないのかい？」

「儲かってはいますね。でも……」

この状況でお金ばかりあってもねぇ……。

お金は食べられないし……。

でも、まだ『食料保存庫』の在庫には余裕があるので、今は串焼きを売り続けるしかないのかも。


「女将さん、お客さんが増えましたね。さすがに僕も手が疲れてきました」

「営業しているお店がほとんどなくなったからねぇ……」

「ユキコさん、アリっていつ諦めるのでしょうか？」

「それは、アリに聞くしかないわね」

「個別注文をやめて、メユーをお任せ串焼き五本とミソニコミだけにしても、次から次へと売れていきますね。私が魔法で作った氷入り飲料も好評ですよ。お酒も販売していましたけど、もう品切れになりました」

「元々そんなに在庫を持っていないし、次々と注文入っていたものね。こんな状況だとお酒を飲みたくもなるわよね」


アリが来襲してから五日後。

私たちは、とにかく忙しくて堪らなかった。

町の他の飲食店は、もう大半が閉まってしまったからだ。

お客さんはいくらでもいるけど、食材がなくて料理を作れないのだから仕方がない。

宿屋は、まだどうにか宿泊客に食事を出していると聞いた。

でもその内容は非常に質素で、それですらいつまで出せるのかはわからない状態みたい。

宿屋が営業している、宿泊しないお客さん向けの食堂や酒場は、もうとっくに閉まっていた。

お酒は残っているらしいけど、料理やおツマミが出せないから。

すきっ腹にお酒は辛いだろうし……いや、うちが串焼きを売っているのでお酒だけ売ればいいはず。

もしかして、万が一に備えてお酒まで備蓄食料扱いしているってこと？

大人はいいけど、もし食料がなくなったら子供にお酒を飲ませるつもりなのかしら？

そんなわけで、私たちの臨時店舗は目が回るほど忙しかった。

串焼き、味噌煮込みしか出していないにもかかわらず、みんな競うように買って飲み食いしているわ。

「もうこの店しか営業していないんだよなぁ……。デルデンの食堂っていう、町でも評判の不味い店があるんだが、そこもついに閉店になったんだ」

「あの店が食材不足で閉店なんて、世も末だな」

むしろ、そんなお店がどうして潰れなかったのかの方が、私は気になって仕方がないけど……。

なにも知らない旅人が利用してしまうからかしら？

「この店が閉店になったら、あとは代官様からの配給に頼るしかないな」

この町の代官は、商人たちから食料を買い集めていたけど、はっきり言って大した量ではない。

配給も何日できるのやら……。

「ユキコさん」

「明日から売る品を変えるしかないわね……」

とはいえ、私はお米の入手のため、かなりの量の穀物、特に麦類を放出してしまった。

パンは出せない……私が自分で焼いてもそんなに美味しくないし……。

というわけで、背に腹は代えられず、あの料理を出すことにしたのであった。


「ありゃ、まだ食べ物を売っていたんだな。で、それは？」

「お米です。ラーフェン子爵領の特産品です」

「聞いたことはあるけど、商ったことはないなぁ……一つくれ」

翌日からお米を炊き、その上に串ナシの焼いたモツや味噌煮込みをのせたものを出すことにした。

もうメニューはこれだけだ。

忙しすぎて、もう他の料理なんて作っている暇がない。

食材不足で自分のお店を閉めざるを得なかった人たちがアルバイトに入り、みんなで『丼』だけを出していく。

もう他に営業しているお店はなくて、町の人たちは備蓄食料にも手を出し始めていた。

かなり危うい状況なので、私たちも出し惜しみはできない。

お米……沢山手に入れて喜んでいたのに……。

また買い集めないと……島に行かないと無理なのかしら……。

「おじさんが商っている魔法薬は、よく売れているの？」

「残念だが、魔法薬の類はそこまで需要が増えていないよ。どの店も不足していないから仕入れてないし、みんな現金を残しているのさ」

多分、このお店で食事をとるためだ。

とにかく外からの人の出入りがないので、みんな現金収入が得られない。

わずかな配給以外では有料で食事を確保しなければいけない以上、それを買うのに使う現金を確保しているわけね。

「お嬢さん、値段を変えないんだな」

「便乗値上げはどうかと思ってますからね」

これでも十分に儲かっているし、便乗値上げはこの閉鎖空間において危険な選択だと思う。

もし誰かがそれを糾弾して、みんながそれに同調したら……。

食べ物の恨みは恐ろしいというけど、人間は食べないと死ぬから当たり前というか……。

とにかく、私は便乗値上げはしなかった。

丼は一種類だけで、値段は銅貨五枚――つまり五百円くらい。

日本で言うところのワンコイン丼ね。

「ここで食べるとお腹一杯になるから助かるよ。朝昼兼用ができるのもいい」

お客さんの一人が、私に声をかけてきた。

「アリって、いつもだとどのくらいで撤退するんですか?」

「二週間から三週間だが、みんな半月くらいだと思っているな」

最低でもあと一週間かぁ……。

なんとかなるかな?

お米の在庫は死んでしまうけど……お米、また島に戻って買い付けようかしら?

「柔らかく煮てあるから、年寄りであるワシも美味しくいただけていいのぉ」

あきらかに百歳を超えているであろう、町の古老といったお爺さんも、丼を気に入ってくれたようだ。

「安くしてくれてすまないの」

「ちゃんと利益は出ていますから」

「いや、こういう時こそ儲けるいい機会だと思って便乗値上げをする者は出てしまうものだ。この町は定期的にアリの襲撃を受けるので、町の人間も外の人間も、その時を狙って儲けようとする輩が定期的に現れる。そして見事に失敗するのだ」

町がアリに囲まれるということが定期的に発生し、その間は町が封鎖空間になってしまう。

便乗値上げの誘惑は常にあるけど、この数十年で彼らの目論見はあまり成功していないみたい。

小さな町だからこそ、その手の行為がすぐに糾弾されてしまうからであろう。

実際、すでに食料不足で閉店したお店はどこも値段を変えていなかった。

それをしたら最終的に店が潰れてしまうのだと、みんな本能レベルで刷り込まれているのだ。

「外の人間で若いのに、店主は商売の心得をよく理解しておる」

「短期の利益ばかり追いかけても、ですよね？」

「そういうことだな。それにしても、アリがこの町に襲来し始めてからすでに六十年以上。ワシが死ぬまでに解決するのか……」

「数十年前に、いきなりアリの群れがやって来たのですか？」

「それまでは、アリのアの字もなかったの。ワシは若い頃はハンターだったんだが、この町の周辺で稀《まれ》に単体行動をするアリを見かけるくらいだった」

それが今では、半ばストーカーと化したアリたちの集団に狙われている。

およそ六十年前、この町になにがあったのかしら？

「以前領主だった貴族様は、対策をしなかったのですか？」

「城壁を作ろうと重税を課してな。それで城壁が作れていればまだマシだったんだが……」

一向に城壁はできず、ついにアリによる犠牲者まで出てしまったそうだ。

「集団のアリの中の一匹を倒すと、他のアリたちが激高してなぁ……当時はワシらもハンターとしての生活があって、さらに重税なので倒したアリの素材の回収を目論んだのだ。だが……」

単独のアリは倒しても問題ないけど、群れを作っているアリを攻撃した途端、多くのハンターたちがアリによって巣に攫《さら》われてしまった。

「ワシはよく生き残れたと思うよ。ハンターが減ると、今度は町の住民に犠牲者が出てな。それでも、元領主とその一族は城壁の工事に入る気配もない。税はますます上がって……」

もう我慢できないと、ある領民が密かに王国に直訴を行った。

アリを放置した結果、他の土地にも害が広がると困る王国は、領主であった貴族を改易。

直轄地にしてから城壁を作ったのだと、お爺さんは教えてくれた。

「城壁のおかげでアリによる犠牲者は大幅に減ったが、アリはなぜか定期的にここを集団で襲うようになった。理由は皆目見当がつかないのだ」

「困りましたね」

「本当にのぉ……」

アリたちがこの町のみに押し寄せる理由がわからなければ、対策を立てようがない。

城壁で防ぐしか手の打ちようがないのだから。

「とにかく一日でも早くアリが退いてくれなければ、ワシらは生活ができんよ」

アリという悪条件があるにもかかわらず、この小さな町が保持されているのは、王国南部から西部、王都を繋ぐ街道の要所にあるからだ。

この近辺に他に町などはなく、旅人はこの町に宿泊する人が多かった。

旅人相手に稼いでいる人が多いから、アリに囲まれると収入がなくなるのは痛いわね。

とはいえ、私たちに打てる手なんてない。

私たちは、同じ値段で丼を出し続けるしかないわね。

と思っていたら、思わぬところから急に呼び出しを受けることになったのであった。


「イワン様がいる」

「イワン殿、彼女と知り合いだったのか」

「ああ、ラーフェン子爵家のお家騒動では協力してもらってね」

「ほほう。見た目は可愛らしいのに、なかなかにやるお嬢さんのようだね」

急遽この町の代官様に呼び出されたのはいいけど、なぜかその代官をしているイケメン青年の隣にイワン様がいた。まずは私たちが提供した丼を食べてもらっている。

さすがに町中で販売したものと同じ内容にするのはどうかと思ったので、岩塩を振ってから炙ったキルチキンの肉と炙った野菜も加え、ちょっと豪華な丼にしたけどね。

「イワン様は、この町にいらっしゃったのですね」

「なかなか顔を出せず申し訳なかったのだけど、ちょっと色々と調べていてね」

「調べる？　食料倉庫の火災の原因ですか？　それとも、今回いつもより早いスパンでアリが押し寄せた原因ですか？」

「イワン殿、このお嬢さん。なかなかに耳が早いじゃないか」

「町の人たちに安く食事を提供しつつ、客たちから情報を集める。やるなぁ」

「あのぅ……イワン様。それは大きな誤解だと思います」

別にそれを意図してやったのではなく、私は自分たちの安全のために、食料を巡って町の人たちが争うのを防ごうとしたわけで……。

商人のおじさんや、古老のお爺さんからお話を聞けたのは偶然なのだから。

「まずは私から。食事を安く売ってもらい非常に助かっている。アリの来襲が予定よりも早いだけなら別に問題はなかったのだけど、食料倉庫の火災には困っていたところだったのだ」

あれで、町の備蓄食料の大半が灰になってしまった。

この町の代官としては、頭を抱える状況だったと思う。

「食料倉庫は、火災に強い石造りの建物で、当然普段火の気などあるわけがなく、しかもえらく延焼が早かった」

「魔法でしょうか？」

「なにか特殊な魔法薬のようだな。それを撒いてから火をつけたようだ。魔法など使わなくても、その魔法薬と火種があれば子供にでもやれる犯行ということだ」

ファリスさんの質問に、代官様は答えた。

「となると、アリの早期襲来の原因を作った人と、食料倉庫へ放火した人は、同一人物のようですね」

「お嬢さんの想像どおりだと思う。あっそうだ。私のことはフレドリックと呼んでくれ」

いや、貴族で町を預かる代官様を名前では……でも、呼ばないと逆に機嫌を損ねてしまうのかしら？

イケメン青年貴族様のご機嫌を損ねるのもどうかと思うので……。

「フレドリック様、食料倉庫への放火には魔法薬が使われていたのなら、アリを呼び寄せたのも魔法薬かもしれません」

「実は、私もそう思うようになった。で、イワン殿が以前から追いかけている案件があるんだ。巡検使としてね」

「こういうのを広域捜査と言う人がいるね。王国直轄地と、いくつかの貴族の領地に跨《また》る案件というやつさ。貴族たちは自分の領地で、余所者が、それも王城の住民が捜査なんてしたら嫌がる。そこで、この手の仕事は巡検使に押しつけられることもあるのさ」

貴族の領地は半分独立国みたいなもので、王国があれこれ口を出すと嫌がる。

だから巡検使が捜査をするケースもあるってことなのね。

定期的に王国中の貴族領を巡検しつつ、現地の為政者たちが対策しなかったり、広域犯罪のため各領主に権限がなくて手が出せない犯罪の捜査をしたり。

巡検を受ける貴族たちにも、本当はどういう目的で来たのかわからないようにしてあるのね。

「実は、王都を中心にある種の麻薬が出回っていてね……」

世界は違えど、そういうものに手を出してしまう人が出てしまうものなのね。

「およそ百年ほど前から王都に流入しているが、効果が高いので人気があるそうだ。最初は、原材料や製造方法すら不明でね。どこから流れて来ているのかすらわからなかった」

「イワン様がここにいらっしゃるということは、もしかしてこの町からとか？」

「正確にはこの町ではない。ここから少し離れた寂れた村に密造工房があって、そこは多分今頃摘発されているはずだ。そのあたりは王国の直轄地だから、邪魔する貴族もいないしね」

「貴族が邪魔するんですか？」

麻薬密造の摘発を、貴族が邪魔するの？

領民たちにも被害が出てしまうかもしれないのに。

「悲しいことに、地方の貧しい零細貴族でこの手の犯罪に手を染める者は一定数出てしまうんだよ。王都や大都市の悪党に唆されてしまうのだね。ろくな産業もない寒村で麻薬を作らせれば、その村の人たちの生活を豊かにできるという誘惑もある。彼らは一度得た豊かな生活を失いたくないから、麻薬を密造しているという秘密を意地でも守り通そうとするからね」

麻薬の密売組織からすれば、口の堅い供給先はありがたいわけか。

大した産業もない農村からすれば、麻薬の密造を手伝えばお金になる。

自分たちが中毒患者にならないようにすれば、摘発さえされなければ大変実入りのいい仕事というわけだ。

「麻薬には原料が必要だけど、これは色々とある。昔は植物や薬草の類が多かった。薬草は我々が定期的にお世話になる魔法薬の原料でもあるから、あまり怪しまれない。魔法薬やその原料を取り扱う商人は多く、大量に運んでも魔法薬の原料だと言われてしまえばそれまでだ。だけど……」

近年、魔法薬の需要自体が伸びているので、麻薬製造に流れにくくなったのだと、イワン様が説明してくれた。

「巡検使はたまに捜査する程度だけど、王国軍にも専門の捜査部隊があるし、麻薬が領内に蔓延《はびこ》ると領地が荒れてしまうので、まともな貴族なら摘発もする。それに、薬草などは現在価格が高騰し続けているので、危ない橋を渡ってまで麻薬の密造者に売る必要がないという理由もあるね」

原料の時点では、いくら麻薬を作るためとはいえ、それほど高く売れるわけがないものね。

麻薬にすると利益率が上がるからこそ、悪人は麻薬の密造に手を出すのだから。

「で、ここ百年前くらいから、魔獣の素材……体液とか血液が原料の麻薬が出始めた。最初は原料が不明だったんだけど、魔法薬製造の専門家による分析で判明したわけだ」

魔獣の体液が原料の麻薬かぁ……。

悪党もよく考えるものね。

「ただ、メジャーな魔獣で麻薬の原料になるものはほとんどない。もしなったら、最初からそれを原料に麻薬を作るから当たり前だけど」

あまり採取できない……だと材料が集めにくいから、採取してもあまり金にならないか、労力の無駄だと思われる魔獣が美味しいってわけね。

時が経って、魔獣の研究や魔法薬の製造技術が上がったから、麻薬の製造技術も上がってしまう。

皮肉な話よね。

「もしかして……アリもですか？」

「そうなんだ。百年ほど前から王都に流れ続けていたある種の麻薬。これの原料はプロの調薬師でもなかなか解析できなかったのだけど、数ヵ月前になってやっと判明したのさ。麻薬の原料は、この町の城壁に押し寄せているアリの女王が産んだ卵だったのさ」

「卵ですか？」

「あのアリたちはとても長生きするそうだ。天敵に捕食されたり病気にならなければ、働きアリでも百年以上生きられる」

長生きなのはいいけど、百年以上も働きアリかぁ……。

それなら、寿命が短い方がいいのかな？

「女王アリはもっと長生きするし、死ぬまで卵を産み続ける」

「百年以上も死ぬまでですか？　もしかして……」

百年ほど前から登場した新しい麻薬。

その原料は、女王アリの卵。

アリはとても長生きする。

「麻薬を密造していた村は、以前この町を統治していたが、職務怠慢で改易された貴族の領地だった……アリが定期的にこの町に押し寄せる……もしかして……」

アリたちが、この町に押し寄せる理由って……。

ここに女王アリがいるってこと？

いるというのはおかしいか……。

何者かが、女王アリを監禁状態に置いているのね。

「誰がそんなことを？」

「決まっている。今からおよそ六十年前に改易されたダストン元男爵家の連中だろうな。そして連中は、貴族でなくなってからも麻薬の密造で荒稼ぎをしていた」

フレドリック様が苦々しい表情で語る。

つまり、ダストン元男爵家の人たちはなんらかの方法で女王アリを捕らえることに成功し、女王アリが産み続ける卵を摘発された寒村の密造所に運び、そこで製造した麻薬の密売で大儲けをしていたわけね。

「なんのことはない。アリたちは、攫われた女王アリの奪還を数十年も続けているのだ。アリの麻薬が登場したのはおよそ百年ほど前。多分、ダストン元男爵家の連中が原料と製造方法を見つけたのであろう。そして、およそ六十年前に一匹の……もっといるかもしれないが、女王アリの確保に成功した」

ダストン元男爵家の人たちは、女王アリが産み続ける卵を原料に麻薬の製造を行い、さらに大儲けするようになった。

ところが、町に女王アリの奪還を目指すアリたちが押し寄せるようになってしまった。

「もしかして、住民たちに犠牲が出ても対策しなかったのは……」

そんな暇があったら、麻薬を作って密売する方が儲かるから？

酷い貴族がいたものね。

「それが理由でダストン男爵家は改易されたのだけど、彼らはすでに気がついていたのだ。別に貴族でなくても、裕福な暮らしができるという事実に」

ダストン男爵家の改易後、王国はアリの襲来に苦労しながら、人手とお金をかけて城壁を作ってしまった。

これにより、アリたちにとってはますます女王アリの奪還が困難になってしまう。

それでも諦めず、数十年間も定期的に城壁に押し寄せていた。

事情を知ったら、アリたちが可哀想になってきたわね。

アリに殺された人間は多いけど、それはダストン元男爵家の人たちが、麻薬製造のために女王アリをこの町に連れ去らなければ発生しなかったのだから。

「じゃあ、この町のどこかに今も女王アリがいるんですか？　六十年以上も」

私たちの知らないところで、今もダストン元男爵家の人たちが女王アリの飼育と卵の採取を続けていると？

「そういうことになる。ダストン元男爵家直系の一族はさすがにこの町にいないが、遠戚や元家臣の子孫たちなら今でもこの町に住んでいる。探ってはいるが、時間が経ちすぎて王国が把握していない一族や家臣の子孫が増えてしまった。なかなか尻尾を出さないのだ」

城壁はあるけど、この町はかなり小さい。

改易されたダストン元男爵家の一族はいられなくなったはずだけど、元家臣や遠縁の子孫たちは今もこの町に住んでいる。

実はダストン元男爵家の人たちとずっと繋がったままで、密かに匿った女王アリの飼育と卵の採取を続けている可能性は高いというわけか。

「家探しはしないのですか？」

巨大アリとはいえ、子供の背丈ほどのアリの女王ならせいぜい数倍の大きさのはず。

そんなに広い場所でなくても匿えるはず。

まさか元領主館の地下に匿うなんてことは、ダストン元男爵家の人たちもしていないはずだ。

「ここは小さな町だ。我々もさほど大きな兵力を持っているわけでもなく、ここで全家屋の家探しなどしたら動揺も大きいはずだ。ダストン元男爵家に繋がっている連中が、住民たちを煽《あお》るかもしれない。あとは、今回の騒ぎでそれどころではなくなった」

「食料倉庫の火災ですか？」

「間違いなく、ダストン元男爵家に繋がっている連中の仕業だな」

フレドリック様が全家庭の家探しを計画していると勘違いして、それを防ぐために火をつけたのかしら？

「でも、おかしいですね」

「ユキコ君もそう思うかい？」

「はい」

食料倉庫を焼いてしまったせいでこの町は食料不足となり、私たちがお店をやらなければ、アリたちに攻め落とされるところだった。

もしそうなったら、女王アリはアリたちに奪還されていたであろう。

女王アリが産む卵がダストン元男爵家の人たちの富の源泉なのに、どうしてそんなことをしたか不思議よね。

「それだけ、ダストン元男爵家の連中が危機感を抱いていたのでは？　形振《なりふ》り構わず代官様の家探しを怖れたとか？」

「でもね、ボンタ君。あの時点で、フレドリック様は町の全家屋の家探しをする決定はしていなかった。あくまでもそういう意見も出てきたという程度のお話なの。その時点で、そんな危険なことをするかしら？」

「そう言われると……」

「詳細な情報が取れず、ダストン元男爵家に繋がる人たちが先走りしたのでは？」

ファリスさんの意見はあり得るか。

さすがに、ダストン元男爵家の人たちはこの町に入って来ないはず。

「顔見知りの住民が多いだろうし、フレドリック様に通報されてしまうかもしれないですもんね」

「いや、ダストン元男爵家の改易は六十年以上も前なので、実は今の当主の顔も知らないのが現状だ」

「王国は彼らを警戒しないのですか？」

元領主なので、領地を取り戻そうと策謀するかもしれないのに……。

「王国からすれば、零細男爵の、それも改易された連中に警戒なんてしないのさ。代々の代官も、ダストン元男爵家の連中よりもアリへの対処が忙しかったというわけだ」

そして、イワン様がダストン元男爵家の連中が女王アリの卵を用いた麻薬の密造と密売を、ダストン元男爵家の人たちがしているということを突き止めたのはつい先日のこと。

顔はわからないのかぁ……。

「今頃、麻薬の密造所の方は押さえられているはずなので、そこで大半が捕まっているはずだ。全員とはいえないが……あとは外のアリをどうするのかという話なんだよ」

「この町に隠されているであろう、女王アリですか……」

元貴族でも、平民の格好をして普通に暮らしていればわからないかぁ……。

偽名を名乗れば、この世界には日本みたいな戸籍制度なんてないから、いくらでも誤魔化しようがある。

平民なんてちゃんと納税をしていれば、王国も貴族もそんなに気にしないというか……。

どうせ貴族ではなくなったので、家名なんて名乗るわけがないというのもある。

「あのぉ……一ついいですか？」

「構わないよ。お嬢ちゃん」

恐る恐る手をあげたララちゃんだけど、フレドリック様は優しかった。

それにしても、フレドリック様もララちゃんは『お嬢ちゃん』なのね。

私は『お嬢さん』……某有名司会者の如《ごと》く、『お嬢様』よりはマシか……。

「もしかしてなんですけど、女王アリってもう死んでしまったのでは？　寿命がきて」

「その可能性があったわね！」

女王アリが産んだ卵を用いた麻薬の登場から百年ほど。

ダストン男爵家の改易から六十年以上。

魔獣であるアリが長生きだとしても、もうそろそろ寿命という可能性はあった。

別に、捕らえた時点で女王アリが一歳だったなんて保証はどこにもないのだから。

「女王アリが死んでしまった以上、もうこの町に価値はなく、しかもイワン様がダストン元男爵家の人たちの裏稼業を暴きつつある。ここは証拠隠滅したいところね」

ダストン元男爵家は、麻薬で一世紀以上も稼いできたのだ。

特に捕らえた女王アリが死んでいたとしたら、もうこの町に未練はないはず。

「改易された恨みもありますしね」

「アリは、仲間の死骸を巣に持ち帰ると聞きました。この町がアリによって陥落すれば、当然女王アリの死骸も持ち帰るはずなので、証拠隠滅もできますし……」

ボンタ君とファリスさんの意見は筋が通っている。

貴族の頃から、麻薬の密造と密売で稼ぐような連中だ。

ダストン元男爵家の人たちの善意になんて期待できない。

この町が全滅すれば、恨みも晴らせて好都合くらいにしか思っていないのかも。

「ならば、この町にいるであろう食料倉庫放火犯を炙《あぶ》り出《だ》し、これを捕らえて女王アリの死骸のありかを探すしかないな」

女王アリの死骸をアリたちに返してしまえば、もう二度とこの町にアリたちが押し寄せることはないはず。

フレドリック様もそう考えたのであろう。

「家探しはしないのですか？」

「今の状況で、そんな余裕がないのさ」

食料はすでに配給なのだが、なにぶん確保できた分が少なく、今でも住民同士や旅人との諍《いさか》いが多いそうだ。

当然それを防ぐために人員を割く必要があり、そんな余裕はないとフレドリック様は断言した。

「お嬢さんがいなければ、もっと事態は切迫していた。あとで必ずお礼はさせてもらうよ」

「いえ、私たちは商売をしているだけなので」

「いや、正直値上げナシはありがたい。本当なら、もっとお金を取っても批判されない状況で、格安で食事を提供してくれているのだから」

今の金額でも、メニューを絞って数を売っているので儲かっている。

ララちゃんたちにも、臨時でボーナスとか出しているから。

でも、この町だとお金の使い道がないって、ボンタ君もファリスさんも言っている。

みんな、食事以外にお金を使わないから、店を開けてもお客さんが来ないと言って、他のお店も閉まっているのよね。

私たちが泊まっている宿屋もう素泊まりしかできなくて、宿泊料金を下げたくらいだから。

「イワン殿から聞いたが、お嬢さんは魔法で食料を仕舞えるとか？」

「はい。食料ならそれなりに量を」

「では、限界まで商売を続けてほしい。そうすれば、食料倉庫に放火した連中も焦るはずだ。そしてお嬢さんを狙う可能性が高い」

そうか。

私が食事を提供できなければ、この町は残り少ない配給に頼るしかなくなる。

食料不足で暴動が起これば、呆気なくアリたちに攻め落とされてしまうであろう。

犯人たちが混乱のドサクサに紛れ、城門の扉を開ける可能性もあった。

「自分たちもアリにやられるかもしれないのに……」

食料倉庫に放火した人たちだって、もしこの町が落ちればアリたちによって殺されてしまうはず。

ララちゃんは、そんなことをした犯人たちが理解できないのであろう。

「麻薬のせいだろうね。アレは依存性が高いから」

そういうことね。

食料倉庫に放火した犯人たちは麻薬中毒に陥っており、言うことを聞いていれば麻薬を貰えるから、どんな無茶なことでもしてしまう。

「となると実行犯をコントロールしている主犯がいる。ダストン元男爵家に近しい人かしら？」

でも、この町がアリによって陥落してしまえば主犯も死んでしまうのに。

「長年アリの麻薬で財を成した家だ。アリが忌避する魔法薬でも持っているのでは？」

イワン様、鋭い。

ここが落ちたら、自分だけ逃げる算段なのか……。

「その薬、女王アリの捕獲に使っている可能性も高いな」

「もしかして、ここがアリに落とされて住民が全滅したら、また何食わぬ顔で新たに捕らえた女王アリをこの町に持ち込むの？」

この町にアリたちが押し寄せるのは、半ば習慣化している。

新しい女王アリを持ち込めば、またこれまでどおりというわけね……。

「ダストン元男爵家のことを知る住民も全滅し、王国もこの町を放棄するだろうから、かえって都合がいいかもしれないな」

今度は、堂々と町に入れるわけね。

そして、またこの町を拠点にして麻薬を製造して稼ぐ。

他の人たちのことなんてどうでもよく、ただ自分たちの一族が儲かればいいなんて、最悪な人たちね。

「だから、連中を炙り出すためにお嬢さんにはお店を続けてほしいんだ。お嬢さんに危険があると困るので、信用できる兵士たちを店員に化けさせてつける。給金はいらない。もしもの時には護衛にもなるという寸法だ」

「増員はありがたいですね」

段々と販売量が増えており、ちょうど人手が欲しかったところなのだ。

給金なしなのも正直ありがたい。利益は出ているけど、薄利多売な状況ではあるから。

兵士たちはフレドリック様から給料を貰う立場だから、給料は出さなくてもいいのかな？

ボーナスくらい出した方がいいのかしら？

「では、私もお手伝いさせていただこう」

「ええっ！　イワン様がですか？」

伯爵家の次男に、調理や販売をさせるのはちょっと……。

「地方貴族領の巡検と並行して、何年もこの麻薬事件を追いかけてきた身なのでね。犯人たちがユキコ君を狙う可能性が高い以上、その傍で見張るのも任務なのさ。気にしないでくれ」

気にしないでくれと言われても……。

「過去に潜入でそういうことをしたこともあるから、売り子くらいはできるさ」

「そうだな。イワン殿は腕も立つ。今お嬢さんになにかあると、食料不足でこの町に暴動が起きかねない。受け入れてもらうしかない。なにもなければ、お店の雑用でもさせればいいが……なにもないわけがないな」

私がダストン元男爵家の人たちに狙われるのは、ほぼ確実というわけね。

イワン様がいれば安心……でも、なんか浮きそうな気がしなくもないんだよなぁ……。

大丈夫かしら？


「いらっしゃい、丼五つね！　ユキコ店長、丼五つ」

「は────い」

「(女将さん、イワン様はなんでもできるんですね。伯爵家の次男なのに……)」

「(ボンタ君、『イワン様』は禁止よ)」

「そうでした。イワンさんですね」

早速、フレドリック様が手配してくれた兵士四名とイワン様も応援に入って、お店を開いた。

魔獣肉とモツを味噌で煮込み、ご飯の上にのせた丼しかメニューはないけど。

あとは、ファリスさんが魔法で作った氷を入れているお茶とジュースしかない。

いよいよ町の備蓄食料が尽きつつあり、ほぼ全員が私のお店を利用しているという状態になっていた。

もう食べる場所がないので、自宅に持ち帰って食べ終わったら器を戻すか、私たちのお店の近所の店を開けてもらって、そこを飲食場所にするかになっている。

私たちは、ただひたすら料理を作っていくだけだ。

調理の補助や食器洗いをしている店員に化けた兵士たちと、私のすぐ前で注文を取っているイワン様が、私をガッチリと護衛していた。

ボンタ君は、テキパキと仕事をこなすイワン様に驚いていたけど、確かに飲食店の仕事に慣れた伯爵家の次男というのは予想外だったわ。

巡検使という仕事柄なのかしら？

でも、巡検使は王都から視察にやって来たことをアピールし、貴族たちにプレッシャーを与えるのが主な仕事。

となると、イワン様には巡検使以外にも色々と仕事をこなしてきた経験があるのだと見るべきね。

「イワンさ……さん。そろそろ休憩の時間ですよ」

「ユキコ店長、間違えそうになったかな？　駄目だよ」

店長が店員を『様』づけで呼ぶのはおかしいし、私を狙うであろう犯人たちにイワン様の正体を気がつかれたら色々とやりにくくなってしまう。

理解はしているのだけど、さっきのボンタ君みたいについ『イワン様』と呼びそうになってしまうのだ。

それを笑いながら窘《たしな》めるイワン様……やっぱり格好いいわねぇ……。

「あらユキコちゃん。随分といい男の店員さんじゃないの。どこでスカウトしたの？」

お店を開いてからずっと常連になってくれているおばちゃんたちが、イワン様を見て色めき立っていた。

お腹も満たせて、イケメンも見られて得した気分なんだと思う。

気持ちはよくわかるわ。

「私は旅人なのですが、この町に閉じ込められてしまったので暇を持て余しておりまして。ここで働けば、臨時収入と賄いが得られますからね」

「大変ねぇ、旅人さんも」

おばちゃんたちは、イワン様の作り話を信じたみたい。

彼が旅人なのは事実だけど、職業柄かこの手の作り話が上手よね。

潜入なども経験ありというのは本当なのであろう。

「ユキコちゃんとお似合いだから、そのまま夫婦になってお店でも持てば？」

「あら！　それはいいわね、ユキコちゃんもそうしなさいな！」

「この町でやってくれたら、私たちもいい男を定期的に拝めるしね」

私とイワン様が結婚？

いやいやいや、いくらイワン様の正体を知らないとはいえ。

伯爵家の次男ともなれば、婚約者とか許嫁《いいなずけ》くらいはいるはずよ。

「それもいいかもしれませんね」

「えっ――――！」

イワン様、それはおばちゃんたちを和ませるための冗談ですよね？

「まあユキコちゃん、そんなに驚いて」

「顔も赤いわよ」

「もしかして、図星だったのかしら？」

「私とイワンさま……さんは、そんな関係じゃないですから！」

動揺しすぎて、思わずイワン様って言ってしまったわ。

「今はそうでなくても、そのうちね」

「ほらイワンさん！　休憩の時間ですよ！」

「はい。丼五つね。では、休憩に入ります」

ううっ……。

イワン様がおばちゃんたちの冗談に乗ってしまうから、私は暫く恥ずかしくて、なにを作業しているのかよくわからないまま働き続ける羽目になってしまったじゃないの！


「もう、酷いですよ。イワンさん」

「すまないね、ユキコ店長。でも、私としてはそれもアリだと思ったりしてね」

「そうやって旅先で多くの女性を口説いているんですか？　ご実家がご実家なので、婚約者くらいいるでしょうに……」

「いなくはないけど、私は兄とは違って家に縛られる生き方は嫌なんだよ。だから、巡検使なんてやっているとも言えるね」

イワン様はあまり貴族に拘りがない、というのはよくわかった。

でも、そう簡単に逃れられる業ではないと思うけど。

休憩時間が終わり、またお客さんの相手をしていると、そこにやはり毎日お店を利用している商人のおじさんが姿を見せた。魔法薬を卸している人だ。

「おや、随分と人が増えたね」

「ええ、このくらい人がいないと、もう回せないので」

「若い男性が多いのは、町がこんな状態なので働けない人が多いからなのかな？」

商人のおじさんは、イワン様や兵士たちを見ながら自分の考えを語っていた。

イワン様たちを、失業対策で雇っていると思っている。

商売人らしい考え方ね。

「旅費や宿泊費が欲しい旅人さんとかもいますよ。鍋も大鍋にしたから、力がある男性がいるとありがたいですし」

「なるほど」

肉を焼いたり、モツを煮込んだり、ご飯を炊いたり。

全部大きな鍋や釜に替えていた。

私が持っていないものは、閉店したお店から借りているくらいなのだ。

フレドリック様の口利きがあったので、みんなすんなりと貸してくれたのはよかった。

その代わり、自分の店は閉めていて暇なのでと、アルバイトで鍋の管理をしているけど。

「さながら、野戦陣地のようだ」

商人のおじさんの言うとおり、このお店が町の人たちの命綱になってしまったので、野戦陣地という言い方はシックリくるわね。

「おじさんは、商売の方は？」

「お嬢さんに、いくつかの薬草やハーブ類を売ったくらいだね。他の人たちはまったく買ってくれないのさ。まあ、他の町に行けば売れるものばかりだけど、こればかりはアリがいなくならないとどうにもならない」

私も少しだけ料理で使うハーブや薬草類をおじさんから購入したのだけど、まったく商売にならないみたい。

みんな、まずは食べることが最優先だから。

「体を動かすとお腹が減るから、なるべく動こうとしない。すると、怪我をする可能性が減ってしまう。ハンターも外に出られないから、傷薬やその原料も売れないね」

「それはありますね」

アリたちに包囲されているせいで、仕事にならない人たちは、極力動かないようにしているみたい。

工事とかも、城壁の補修などの緊急を要するもの以外は禁止されていて、みんな極力食べないで済むようにしていた。

景気が悪くなって当然よね。

「私もこれを食べて宿に戻るよ。お嬢さんはどこの宿だったかな？　私はイドルクの宿でね」

「私たちは、少し離れたダスティンの宿ですよ」

今は忙しいので、本当に寝るためだけに戻っているけど。

私、ララちゃん、ファリスさんで一部屋。

ボンタ君は、別の階に一人部屋を取っていた。

予定よりも大分長い滞在になってしまったけど、宿代はフレドリック様が出してくれたから、費用はかかっていない。

「あそこかぁ……本当なら、多少大雑把だが美味しい食事が出る宿なんだがね。私は、在庫の整理でもして寝るかな。そのくらいしかやることはないけどね」

ここ数日間恒例となっていた世間話をしてから、商人のおじさんは一人前の食事を購入してから立ち去った。

「あのおじさんも、商売あがったりで大変ですね」

「そうね」

ララちゃんの言うとおりで、アリのせいでまったく商売にならないのだから。

大商いをしているようには見えないので、ダメージは大きいと思う。

「彼は、魔法薬を商う商人か……」

「魔法薬の原料も扱っているそうですよ」

「なるほどね」

イワン様、あの商人のおじさんが気になるのかしら？

でも彼は、アリのせいで商売に支障が出ているし、食料倉庫火災で食事にも苦労している。

そしてなにより、先祖が元貴族には見えない……わよねぇ……。

悪いけど。

「気のせいかもね。さあ、まだまだお客さんは沢山いるよ」

「そうですね、頑張りましょう」

この日も日が暮れるまで商売を続けたけど、毎日売り上げが最高記録を更新し続けていた。

商売人としては嬉しいのだけど、それはつまりこのお店で食事をとるしかお腹を満たす方法がないわけで……。

私は、一日でも早くアリたちがいなくなることを心から願うのであった。

第九話　結末

「親分、この宿に宿泊している女を殺せばいいんですね？」

「そうだ、特徴はさっき伝えたとおりだ。成功したら、アレを普段の倍やるぞ」

「いいねえ、親分。太っ腹じゃないか」

「さらに、目標の女を直接仕留めた奴にはさらに倍だ」

「「「「おおっ！」」」」

「他の奴らは何人殺しても無報酬だがな。無駄な殺しはやめておけ。どうせじきに飢え死にするか、アリたちに殺されるのだから。無駄は極力避けないと」


まさか、俺の作戦があんな小娘によって妨害されるとはな……。

俺の先祖は元は貴族であり、ダストン男爵家としてこの町と周辺のわずかな土地を治めていたそうだ。

男爵なのでそれなりの爵位だったが、領地の場所と広さに問題があり、決して裕福とは言えなかったそうだ。

そんな状況をどうにかしようと、俺の先祖は魔獣である巨大アリの卵から麻薬を作り出すことに成功し、その密売で財を成すようになっていた。

その後も研究が進み、アリたちが襲ってこなくなる忌避剤の開発にも成功し……まあ、作るのにコストと手間がかかりすぎるので多用はできないが……これを用いて巣の奥にいる女王アリの拉致に成功した。

これを極秘裏に町の中で飼育し、女王アリは働きアリたちがいない不安から、次々と卵を産んでいく。

これを麻薬の材料として、ダストン男爵家はさらに大儲けをした。

ところが、働きアリたちが女王アリの居場所を突き止め、奪還を目論むようになったのは予想外だった。

アリの生態に詳しくなかったがゆえに、最初ハンターや猟師たちが考えなしにアリを殺してしまい、激高したアリの大群に襲われて死んでしまうケースが多発したそうだ。

ハンターや猟師が減ってしまうと、町の近くにもアリが出現し、農民や女性、子供に犠牲者が次々と出てしまった。

原因である女王アリを返すという選択肢を、先祖は採らなかった。

なぜなら、町からの税収よりも麻薬密売の方が儲かるからだ。

先祖たちは女王アリを秘匿し続け、それはダストン男爵家が統治に難ありという理由で改易されてからも同じだった。

他の場所に女王アリを運ぶと、アリたちはそちらに集まってしまう。

この町に置き続けるしかなかった。

王国の直轄地となったこの町に、わざわざ王都が多額の予算を使って城壁を築いてくれてからは、アリたちもお腹が空くと諦めて撤退するようになってくれた。

自らのお腹を満たし、巣の保全や拡張、女王アリが戻って来た時のための食料を集めると、再び襲来するのだが。

これが、アリたちが定期的に町の城壁に迫ってくる理由であった。

ダストン元男爵家の人間しか知らない事実だがね。

つまり俺たちダストン元男爵家の人間は、城壁に囲まれた町のおかげで安全に女王アリを飼育し続け、卵を採取して麻薬を密造できるわけだ。

わざわざ金と手間をかけて城壁を作った王国と、アリたちが襲来する度に町の中に閉じ込められる住民たちはいい迷惑だろうがな。

だがそれも、連中が無知なのが悪いのだ。

ただ、ここ六十年以上も続いた美味しい状況に変化が出てしまった。

ついに、女王アリが死んでしまったのだ。

寿命だと思うが……どちらにしても、我々はまた新しい商売のタネを仕込まねばならない。

女王アリの死骸を外に出すのは……女王アリ自体が結構大きいので難しい。

そもそも、とある民家の地下にある地下室の扉を通れないのでね。

というわけで、この町には落ちてもらうことにした。

代官や兵士、町の住民たちがアリによって殺されてしまえば、そのあと何食わぬ顔で別の巣の新しい女王アリを地下室に閉じ込め、産んだ卵を採取すればいいのだから。

この町は街道沿いのいい位置にあるので、王国も人を送り込んで町を復興させるはず。街道を曲げるわけにいかないのだから。

新しい住民たちは、俺たちがダストン元男爵家の人間だとは知らない。

商売がますますやりやすくなる。

女王アリ奪還を目指すアリの巣に大量の魔獣の死骸を放り込んで餌を早く集めさせ、この町をいつもよりも早い周期で襲うようにさせたのも俺。

連れて来た麻薬中毒患者たちに、町の食料倉庫に放火させたのも俺だ。

食料不足でこの町は陥落し、住民は全滅する。

汚れ仕事を担当した麻薬中毒患者たちも始末できて、俺はアリが近寄らなくなる特殊な忌避剤を持っている。

俺だけは無事に逃げ出せるのだ。

実にいい計画……だったんだが……。

「あの小娘め……」

『倉庫』系魔法の使い手で、今は王都にある酒場を休業し、新しい食材を求めて旅をしているだと？

小娘が町の連中に毎日食事を提供するものだから、一向に町の連中が飢えない。

これはとんだ計算違いであった。

急ぎ対処しなければ、王都から援軍が来てしまう。

代官のフレドリックは、若いながらも知恵が回る奴だ。

もうとっくに王都に対し狼煙《のろし》を送っているのは確認していた。

一ヵ月以内に、この町はアリたちによって陥落していなければいけないのだ。

(ならば、あの小娘を殺せばいい)

食料倉庫に放火した麻薬中毒患者たちに、小娘だけを急ぎ始末するように命じた。

褒美の麻薬を増やすと言ったら、連中は大いにやる気を出しているので、作戦は成功するであろう。

もし多少反撃されたとしても、あいつらは麻薬のせいで痛みなんて感じない。

小娘一人殺すなど容易なことなのだ。

「屋台の男性店員たちが宿に出入りしているが、変装したフレドリックの兵士たちだろうな。連中にはこの瓶ごと投げつけてやれ」

「親分、これは？」

「痺《しび》れ薬さ」

この瓶に入った液体を体に浴びてしまえば、しばらく体が動かなくなり、声も出なくなってしまう。こうでもしないと、こいつらがプロの兵士に勝てるわけがないからな。

「小娘の仲間にデカイ坊主がいるが、男なので一階の別の部屋に泊まっているそうだ。小娘たちは二階だが、三人いるから間違えるな。一番胸がない女だ、確実に仕留めろよ」

どうせこいつらは麻薬中毒患者だ。

静かにと言っても無駄というか、部屋に入られて気づかれないわけがない。

一秒でも早く、小娘を始末させるしかない。

当然フレドリックには知られてしまうが、実行犯の麻薬中毒患者たちに気を取られている間に、俺だけ安全圏に逃げ出せば済む話だ。

もう連中に使い道はないので、フレドリックたちに始末させれば俺の手間も省けるというもの。

あとは、アリたちが飢えた町を落とすだけだ。俺は、アリたちから逃げられるのでね。

思わぬアクシデントがあったが、これでようやく計画どおりに進むはずだ。

小娘……お嬢さんには悪いが、運悪くこのタイミングで町に来てしまったのが不幸の始まりだ。

自分の運のなさを、あの世で嘆くといいさ。

「突入だ。上手くやれよ」

「「「「はいっ！」」」」

「よし！　行け！」

さて、俺は先に逃げるとするかな。


「誰が一番胸のない小娘よ！　私は普通なのよ！　ララちゃんとファリスさんが大きすぎるだけなんだから！」

「ユキコさん、そこが一番頭にきたんですか？」

「当たり前じゃない！　もっと他に言い方があるでしょうが！　髪の黒い女とか！　わざわざ一番胸がない女とか言うな！」

「女将さん、寝室は暗いので、底知れない悪意を感じるわよ！」

「だから胸の盛り上がり具合でってこと？　髪の色では判別できませんよ」

「女将さん、それを私に言われても……」

「まあまあ、みんな無事だったからいいじゃないか」

「イワン様、全然よくないですよ！」

夜。

お店を閉めて宿で寝ていたところ、不審者たちから襲撃を受けた。

私もＶＩＰになったというか、フレドリック様の予想どおりだったというわけね。

お店を続けている私がよほど邪魔だったようで、私を殺そうと寝室に飛び込んで来た連中は、目の焦点が定まっておらず、麻薬中毒患者特有の症状……昔、テレビで同じような人を見たもの。

彼らは怪我をしても痛みを感じず、麻薬のためならどんなことでもしてしまう。

危険な存在だったのだけど、ファリスさんの魔法ですぐに寝てしまい、全員が縛りあげられていた。

私もララちゃんもハンターとして活動していた時期もあり、さすがにドアの前に立つ数名の怪しい連中の気配くらいは察知できるわ。

彼らが部屋の中に突入して来た瞬間、ファリスさんの睡眠魔法の白い煙が彼らに纏わりつき、そのまま意識を失って地面に倒れ込んでしまった。

麻薬中毒患者でも寝ないわけがないので、この魔法は有効だってことね。

ただ少し効きが悪いみたいで、魔法の威力はかなり強めにしたと、あとでファリスさんが言っていたけど。

そして、寝てしまった彼らを私たちが縛り上げたというわけ。

それにしても、誰が『一番胸のない女を殺せ！』よ。

暗殺されかけたことよりも、それが一番腹が立つ！

すぐに駆け込んできたイワン様が私を宥《なだ》めようとするけど、この件ばかりは主犯を許すわけにいかない。

……麻薬中毒者たちに暗殺命令を出した主犯は、襲撃犯たちの突入と同時に逃げてしまったようだけど。

宿の中には店員に化けた兵士たちもいたんだけど、みんな体が麻痺《まひ》して動けなくなっていた。

ファリスさんが急ぎ自作した魔法薬をかけると動けるようになり、慌ててフレドリック様を呼びに行ったわね。

「女将さん、主犯ならちゃんと僕が捕まえましたよ」

「本当に？　凄くない？　ボンタ君は痺れなかったの？」

「僕は運よく回避できたんですよ。逃げ出した主犯にそれほど戦闘力がなかったので追いついて捕まえました。それと顔見知りでした」

どうやら私の知らないところでイワン様から事前に言われていたみたいで、ボンタ君は襲撃犯の痺れ薬攻撃を回避し、宿から逃げ出そうとする主犯を捕らえていた。

ボンタ君は強いだけじゃなくて機動力もあるから、主犯も逃げられなかったみたい。

縄で厳重に縛られて、同じく寝たまま縄で縛られている襲撃犯たちと合流を果たしていた。

あまりありがたくない再会でしょうね。

「おじさん？」

そして私は、ボンタ君の言ったとおり、主犯が顔見知りであることを知る。

毎日のようにお店に来て話をしていた、魔法薬商人のおじさん。

彼が、この町に起こった一連の事件の主犯だったのだ。

「私たちと同じく旅人だと見せかけて、実はアリたちをいつもより早めにこの町に引き寄せ、裏で食料倉庫の放火を指揮し、最後に私たちの暗殺を謀ったというわけね」

「いつまでも町の連中に食事を提供してもらうと困るのでな」

「ただご飯を出していただけなのに」

「戦でなにが一番大切かわかるかね？　いかに兵士たちを食べさせるかだ。普段金ピカに着飾った王族や貴族は、率いている兵たちをいかに食わせるかで苦労する。この町の奴らが飢えたところをアリたちに蹂躙《じゅうりん》される予定だったのだが、お前のせいで誰も飢えなかった。俺がお前を狙うのは当然だ」

「だから、私は変装させた兵たちを彼女の傍に置いたのですよ」

「フレドリックか……我が家の領地を不当に支配する王家の犬めが！」

イワン様に続き、フレドリック様も部屋に入ってきた。

その姿を確認したおじさんは、悪しざまに彼を罵り始める。

私たち、色々対処していたら、着替えるのを忘れて寝間着姿だったのに今気がついたわ。

透け透けなネグリジェじゃなくて、トレーナーにスエット姿でセーフだった……私が日本にいた時、この格好で寝ていたから作ってもらったのよね。

ララちゃんとファリスさんも寝やすいからって真似をしてしまって……ああ、私たちって駄目な女子たちね……。

「ユキコ君、私は可愛らしいと思うけどね」

思わぬアクシデントで寝間着を晒してしまったけど、イワン様はとても優しかった。

「イワン様、お世辞でも嬉しいです」

トレーナーにスエット姿の女なんて、本当に可愛いとは思っていないだろうけど、女子だけの寝室に入ってしまったお詫《わ》びだと思うことにしよう。

「不当に占拠？　貴族としての領分を忘れ、領地を統治しているだけでは儲からないという理由で麻薬を密造していたお前とその先祖たちが言っていいセリフではない。お前たち一族が百年以上も王国中に流通させた麻薬で、いったいどれだけの人たちが不幸になったと思っているんだ」

フレドリック様が怒るのも当然よね。

彼らが密造、密売した麻薬で、どれだけの人たちが健康を害したり、大金を失ったり、家族が離散、崩壊してしまったか。

「我らダストン男爵家は、ファーレーン王国建国以来の名門の血筋なのだ。そんな我らが貧しく、不遇であっていいはずがない。麻薬で富を得て、いつかこの町をもう一度取り戻すのだ」

「まさにつける薬がないな。お前たち一族がこの町を取り戻すなど、永遠にあり得ないのだから。お前たちの統治が駄目だったせいで、我ら代々の代官たちがどれだけ苦労したか……しかもそれに気がついてもいない愚か者だとは……」

自分たちは神に選ばれた一族なので、麻薬を密造、密売しても構わないなんて法はない。

お店で話していた時はいいおじさんだと思ったけど、こんなことを言う人だとは思わなかったわ。

「お前と議論しても仕方がない。で、女王アリの死骸は？」

「俺が言うと思うか？」

「お前は言わないか……では……」

フレドリック様は縛られた襲撃犯の一人に、小瓶に入った液体を見せた。

もしかして、それが麻薬？

「これが欲しければ、女王アリの居場所を吐いてもらおうか」

「言う！　女王アリの死骸がある民家は……」

「言うな！」

「うるせえ！　俺は麻薬が欲しいんだ！」

麻薬中毒というものが、ここまで酷いとは……。

襲撃犯の一人は、すぐに女王アリの死骸がある民家の場所を吐いてしまった。

商人のおじさんは彼らを完全にコントロールしたと思い込んでいたようだけど、それはおじさんの力ではなく麻薬の力だったというわけね。

本人もそう思っていたはずだけど……。

「すぐに女王アリの死骸を回収して、アリたちに返してしまえ」

「はっ！　了解しました！」

フレドリック様の命令で、兵士の一人が伝令に走った。

町の駐留部隊が、彼の命令どおり女王アリの死骸を回収して、城壁の外のアリたちに返すのであろう。

「やめろぉ――――！　それをしたら、アリたちが！」

「ここから引き上げて、もう二度とこの町の城壁に近寄らないんだろう？　いいことではないか」

この町に女王アリがいなければ、アリたちもここに押し寄せる理由がないものね。

「いちいちアリたちに押し寄せられる、この町の迷惑も考えてもらおうか。そんなに女王アリが欲しければ、密造所がある村で飼育すればいいだろうに」

「……」

それをしたら、城壁なんてない村はアリたちに蹂躙されてしまう。

密造所を失ってしまったら、ダストン元男爵家一族の富の源泉がなくなってしまうし、いちいちアリの巣に潜入して卵を盗んでくるのはコスト的に見合わないのであろう。

だから、城壁がある町に女王アリを運び込み、アリたちの襲撃を防がせていたのだから。

「イワン殿、教えてやれ」

「君たちの一族や仲間がいる寒村の麻薬密造所だが、とっくに王国軍に急襲されているはずだ。君は町に閉じ込められていたせいで知らないだろうが」

「はっ？　密造所が？」

「君は私の正体に気がつかなかったようだが、そんな仕事もしているのだ。悪いけど、これまでの罪状を考えると、君たち一族は全員が縛り首だね」

「全員がですか？」

「ダストン元男爵家一族は、確信犯的に全員が麻薬の密造と密売に関わっている。君も一族だよな？」

「そうだ、心して聞け！　俺が当代のダストン男爵家の当主、イオルグ様だ！」

「これは意外だったな」

私も驚いた。

おじさんが、ダストン元男爵家の当主だなんて……。

「食料倉庫への放火の指揮に、長年アリたちをこの町に引き寄せていたこと。お嬢さんたちの暗殺未遂。そこの連中と一緒に縛り首だ」

フレドリック様が沙汰を言い渡す。

「くっ……」

「俺の麻薬は？」

「君たちの末期の願いは聞けないな。そのまま死にたまえ」

「麻薬をくれ！　死刑になる前でもいいから！」

「これは以前、末端の密売人から没収したものだが、当然焼却処分となる。君に与えてしまっては、私の職務規定違反になるのでね。そのまま死にたまえ。連れて行け」

フレドリック様が命じると、兵士たちはおじさんと襲撃者たちを連行して行った。

一人だけ、麻薬をくれと叫び続けているのが聞こえるけど、見ていると切なくなってくる。

優しく見えたおじさんが、彼をあそこまでの麻薬中毒にして、様々な犯罪に手を染めさせていたのだから。

そして彼らも死刑になる。

日本なら、刑務所で薬物依存症治療とかをするのだろうけど、この世界にはこの世界の決まりがある。

私が彼らを可哀想と思って助命を頼んでも無駄だろう。

それに麻薬依存症の治療なんて、私にはできないというのもあった。

「死刑でもいいから、麻薬をくれよぉ――――！」

彼は、最後の最後まで麻薬をくれと叫び続けていた。

「お嬢さん、惨いと思うかね？」

「見ていい気分ではないですけど、私に彼らを救う術はありません」

彼を、ただ可哀想と言うのは簡単なんだと思う。

でも、彼を救うのはとても大変なことであり、少なくとも私にはできなかった。

それに彼は、これまで麻薬欲しさに色々な罪を犯しているはず。

彼は、その報いを受けなければいけないのだと思う。

「ただ単に、騙されて購入した麻薬を使って中毒になった人なら……と思います」

「そういう人たちは主に教会が面倒を見ているけど、依存症から抜け出すのは大変みたいだ」

「そうですか……」

世界は違えど、教会は似たようなことをしているのね。

「色々と手助けしてもらって感謝の言葉しかない。アリたちも、もう二度とこの町に押し寄せないだろう。この恩には報いさせていただくよ」

「そうだね。私もようやく何年も追いかけていた案件を解決できた。ユキコ君には本当に感謝の気持ちしかない」

思わぬアクシデントに巻き込まれて色々と大変だったけど、イケメン二人に褒められたのはご褒美だと思い、フレドリック様からの報酬に期待することにして、今夜はもう寝てしまうことにする私たちであった。

「すまなかったね、一週間も事後処理につき合わせてしまって。で……本当に褒美はこれでいいのかな？」

「当然ですとも。これが欲しかったんですよ。せっかく集めた分は、みんな丼として提供してしまったので」

「アレは確かに美味かったな。貴族なんてしていると、ああいう料理は下品だとか、うるさい人が多いのだけど、炊いたお米がミソニコミの汁を吸って……また食べたくなってきた。まさか米にあんな食べ方があったとはね。茹でてサラダに添えるよりも圧倒的に美味しいからね」

「でも、ラーフェン子爵様はなにか言っていませんでしたか？」

「いや、イワン殿によるとなにも言っていなかったそうだよ。災害に備えた備蓄なんて、他の穀物でも問題ないのだから」


巨大なアリたちが城壁に押し寄せる町。

ここで起こった事件は無事解決して、みんな事後処理に奔走していた。

ダストン元男爵家の当主であるおじさんが町の中に隠していた女王アリの死骸は、それを見つけた兵士たちによってアリたちに返された。

彼らによると、アリたちは長年町に恐怖を与え続けた存在ではあったけど、女王アリの死骸を抱えて巣に戻っていく光景はとても物悲しかったそうだ。

アリたちは、ダストン元男爵家の人たちに攫われた女王アリの奪還を六十年以上も試みていただけなのだから。

そしてその犯人であるおじさんは、つい先日処刑された。

最後まで、『ダストン男爵家の正義』みたいなことを叫んでいたそうだけど、私が思うにおじさんも実はそんなものは信じていなかったのかもしれない。

生まれてからずっと、家族や仲間が密かに麻薬の密造と密売を行っていたせいで、それに抗《あらが》うことができなかったのだと思う。

先に摘発された寒村の密造所において、ダストン元男爵家の人間はほぼ全員が捕まったそうだ。

そして先に、寒村の外で全員が処刑されてしまった。

みんな明るみに出ればこうなるとわかっていて麻薬の密造をしていたので、仕方がなかったのだと思う。

おじさんも、私たちにその真意を語ることなく、麻薬中毒の襲撃犯たちと共に処刑されてしまった。

事件の内容が内容なので、その事実が世間に公表されることはないそうだ。

元貴族とはいえ、長年麻薬の密造に携わっていた貴族とその一族がいたという事実は公表できないのだと思う。

その代わり、私は褒美でまた大量のお米をゲットできたけど。

丼にしてほぼ全量を放出してしまったので、それが取り戻せたのはありがたかった。

一度お米生活に入ってしまうと、それがないのは我慢ならなかったのだ。

イワン様が、新しいラーフェン子爵様……ザッパークさんのことだけど……と交渉して島の備蓄のほとんどを持ち帰ってくれた。

備蓄は全部他の穀物になっていて、お米農家の人たちも次の収穫までは毎日パン生活を送る予定だという。

それと、今回の籠城劇のせいでお米を初めて食べた人も多く、美味しいので売ってくれという引き合いが増えたそうだ。

カレーライスへの需要もあるから、ラーフェン子爵領では今、お米の大増産計画を開始したみたい。

なるべく早く、お米の生産量を増やしてほしいわね。王都にも流通するくらいになったらとても助かる。

だって、そうしないと相場が上がってしまいそうだから。

以上のような理由で、私は大量のお米を再びゲットしたのだ。

フレドリック様が『さすがにそれだけでは……』と、金銭なんかもくれたけど。

これは、みんなへのボーナスに回すとしよう。

「お嬢さん方は、これからどうするのかな？」

「もうそろそろ王都に戻ります」

さすがに、地区の再開発問題には目途がついているはず。

旅先でも色々と飲食物を提供していたけど、やはり本命は王都にある『ニホン』の再開だ。

今回の旅だって、新たな食材などを探すというのが最大の目的……そういうことにしておいた方が格好いいわね。

「なるほど。お嬢さんのお店か……通いたくなるね」

「でも、あまり上品な場所にはないですよ」

私はフレドリック様に『ニホン』の場所を教えてあげたけど、本当に来ないわよね？

「私のような小者貴族なら、お忍びで行くことも可能なのでね。実はもうそろそろこの町の代官職の任期が終わって王都に戻るので、その時は伺わせてもらうよ」

「お待ちしております」

「もちろん私も行かせてもらうから、ユキコ君」

フレドリック様と、イワン様。

二人とも、私のお店には不釣り合いだよなぁ……。

まさか本当に来るとは思えないので、社交辞令だと思うことにしよう。

「女将さぁ――――ん！　親分から手紙が来てますよぉ――――！」

ボンタ君が、親分さんから手紙が来たと叫びながら駆け込んで来た。

私たちの居場所がわかるなんて……親分さんは凄いわね。

「自警団は横の繋がりがありますし、親分は有名人で顔も広いので」

この町で、アリたち相手に籠城戦をしていた、というほど大げさではないか……足止めされていたので、親分さんは私を捕まえることができたのであろう。あと、珍しくて美味しい料理を売って回る四人組、という目立ち方をしているのかもしれない。

「……これは……」

「女将さん、親分はなんと？」

「元のお店、もう取り壊され始めたって」

やっぱり、再開発計画の阻止はできなかったみたいね、残念！

「私たち、店ナシ、家ナシですか？」

ララちゃんは私と生活しているので、あのお店がなくなると家までなくなってしまう。

不安になったようだ。

「私、アルバイト先がなくなってしまったのですか？」

ファリスさんも心配そうだけど、彼女の場合優秀な魔法使いなので、他のアルバイト先はいくらでもあると思うけど……。

「待って続きがあるわ。ええと、なになに。お爺さんが新しいお店を用意してくれるみたい！　さすがは、スターブラッド商会の元当主！　そこでリニューアルオープンの準備をしましょう」

「「「おおっ――――！」」」

みんな、不安が消えてよかったわ。

というわけで、私たちはアリたちが攻めてきた町を出て、王都への道を急ぐことにしたのであった。

私は酒場の女将だから、やっぱり酒場を営業しないと。

第十話　ガブス侯爵

「ここにいたか……イワン殿も王都に戻って来たようだね」

「これはフレドリック殿。実は正式に巡検使のお役目が終わりまして。この仕事は、大物貴族の次男以降の持ち回りで、なにか役職が欲しい貴族の子弟たち専用のお飾りでもあります。しかしまあ、私にしてはよく続いた方かなと」

「イワン殿、貴殿は表向きは巡検使なれど、実は王国軍の命で特殊な任務に就いているという事実を私は知っているよ」

「やはり、フレドリック殿は欺けないですね。ですが、そちらの仕事ももうすぐお役御免になる予定なんですよ。そうなれば、晴れて自由気ままに旅ができるようになるというもの」

「ダストン元男爵家が絡んだ、麻薬密造に関する事件のすべてが終わるからかな?」

「それが一番大きいでしょうね」


軍系貴族の大物ビックス伯爵家の次男イワン殿は、堅苦しい貴族の生活が嫌いで、暇があれば旅に出てしまう、と貴族たちの間では噂になっていた。

それを嘆いた父ビックス伯爵が、無職で放浪者である息子にどうにか箔《はく》をつけようと、王宮と交渉して巡検使に任命させた……ということに世間ではなっている。

だが、私は知っていた。

本当の彼は超のつく優秀な男で、実は巡検使としての仕事を隠《かく》れ蓑《みの》に、王国軍に一時的に在籍してある事件を追っていた。

それは、ダストン元男爵家が絡んでいた麻薬密造と密売事件のことだ。

彼がどうしてその事件を追うのか？

私の知る限りでは、彼は少年時代に商人の娘に恋をしたそうだ。

身分の違いがあって初めから実る恋ではなかったが、それがわかる前に娘は死んでしまったと聞く。

しかもその原因が麻薬とくれば……彼が何年もの時をかけて、麻薬密造と密売の犯人を追いかけるのも無理はない。

ただそんな生活も、ユキコというお嬢さんのおかげもあり、ダストン元男爵一家の全員が捕らえられ、処刑されて無事に解決したのであったが……。

「次に気になるのは、あのお嬢さんかね？」

亡くなった彼女に似ているのかな？

私はその娘の顔を知らないのでなんとも言えないが。

「ユキコ君ですか？　とても気になりますが、彼女とはまったく似ていませんよ」

「彼女？　なんのことかな？」

「フレドリック殿、私の過去などとうに調べているのでしょう？　ならば私の初恋話をダラダラと話すのは時間が勿体《もったい》ない。あなたの知り得たことはほぼ事実です。復讐は終わりました」

これはなんと返せばいいのか……イワン殿は無事に復讐を終えたわけか。

「正確には、まだ全部は終わっていませんがね」

また心の中を読まれてしまったな……。

「実は、ダストン元男爵家が百年近くも麻薬の密造と密売で稼いだ財産が行方不明なのです」

「見つかっていないのか……」

「麻薬の密造所や、ダストン元男爵家一族の住処で少しは見つかっています。ですが、百年間もの成果があんなものではないはずです」

「使いきったという線は……ないか」

「ええ、あり得ません」

ダストン元男爵家の目標は爵位を取り戻すことであったから、その工作資金を無駄遣いするわけないし、改易された元貴族とその一族の金遣いが荒かったら、すぐに怪しいと思われてしまう。

「麻薬で稼いだ大金がどこかに隠されているわけか……」

その大金で、彼らは爵位を買うつもりだった？

しかし、一代限りの名誉騎士くらいなら金を積めば買えるが、男爵の爵位はそう簡単に買えるものではない。

例外がないわけでもないが……。

「どうも、かなりの大物貴族がダストン元男爵家に対し、密かに便宜を図ろうとしていた形跡があります」

「それは誰だ？」

麻薬の密造と密売をして改易された元貴族の復権に手を貸す。

クソな大貴族など探せばいくらでもいるが、そこまで酷いのはそういないはず。

「ガブス侯爵」

「あのクソか！」

あいつは、侯爵家に生まれてきたのが間違いであってほしいレベルの最低な貴族……人間だ。

もし平民に生まれていたら、すでにこの世にいなかったであろう。

犯罪に手を染めて処刑されていたはずで、そのくらい強欲で、常識も理性も持ち合わせていない男なのだから。

ガブス侯爵が今も侯爵なのは、そう簡単に侯爵家を改易できないからであった。

我が王国の恥さらしと言っても過言ではない。

「彼は借金塗《まみ》れだ。返済を迫る商人たちを脅し、さらに借金を重ねる人間のクズなので、もう彼に金を貸す者は一人もいないが……」

今では、商人たちが連合を組んで彼の借金の要請を断るくらいなのだから。

「だからさ、ダストン元男爵家は金を持っている」

なるほど。

ダストン元男爵家の爵位と領地を取り戻す工作を成功させれば、お礼がたんまりという計画だったのか。

「残念ながら、ダストン元男爵家の一族は全滅した。従っていた連中も根こそぎ処刑されている」

ガブス侯爵は、大金が入るあてが外れたわけか。

麻薬で財を成した連中の援助に期待する侯爵……やはり、あいつはクズだな。

「で、未練タラタラなガブス侯爵は動き始めたわけだ」

狙いは、ダストン元男爵家の隠し財産……。

「あの低能に見つけられるのか？」

「実は、ダストン元男爵家には生き残りがいる」

「全員処刑されたわけではないのか？」

罪状が罪状なので、子供まで全員処刑されたと思っていた。

さすがに子供は、教会に送るか？

もう二度と世間には出られず、一生教会で暮らすことになるはずだが……。

「小さい子たちは教会さ。ところが、一人だけ扱いが難しい子がいてな」

「扱いが難しい？」

「処刑された当主が、外の女に産ませた子なのだ。彼女とその母親は、彼がダストン元男爵家の当主で、麻薬で財を成していたことはまったく知らない。さらに母親の方は、先月病で亡くなっていてな……残されたのは娘だけだし、罪に問うのはどうかという話になって、なぜか私が預かっているという……」

「イワン殿らしいな」

復讐にのみに走っているように思わせて、こういう仏心を出してしまうとは。

愛する女性を奪った、麻薬を密造していた一族の娘だ。

復讐心に身を任せ、王国にその少女を処刑させても批判は出ないだろうに。

「同じような年の子が、ユキコ君の下で働いていた。どうもそういう選択肢はとりにくいな」

「なるほど」

イワン殿は、あのお嬢さん、ユキコさんに夢中か……。

いつまでも亡くなった女性に拘り続けるよりはいいことだと思うが……。

「フレドリック殿、貴殿もユキコ君が気になるかね？」

「彼女はなかなかに興味深いよ」

あの城壁の町で、アリの大群が定期的に襲来する原因となった事件に大きく関わり、ダストン元男爵家の元当主の計画を挫《くじ》き、彼が捕らえられる要因を作ったのだから。

「食事も美味しかったし、いざとなると度胸もある。優しさと包容力もあり、あのお嬢さんは妻としては理想の女性かもしれないな」

彼女を妻に迎え入れるのもいい……是非そうしたいがね。

幸いにして私は独身であり、身分差に関しては抜け道があるので問題ない。

「と私は思うのだが、イワン殿もかな？」

「なるほど。フレドリック殿は私のライバルか。では、これからはフレドリックと呼ばせていただくとしよう」

「私も同じだな。イワン」

同じ女性を好きになり、妻にしようと争うライバル同士なのに、お互いに友情が湧くとは不思議なものだ。

「イワンは、過去を断ち切るための最後のひと仕事というわけか」

「そのために、またユキコ君の力を借りることになってしまうのが心苦しいのだがね。預かってしまったあの子の将来のこともあるし、私はユキコ君に縋《すが》るとするよ」

「イワンは、彼女がなんとかしてくれると思っているわけだ」

「ああ、思っている」

確か、故郷の村を魔獣のせいで失った少女もお店の看板娘として雇っていたから、イワンはその子もユキコさんが面倒を見てくれると思っているのであろう。

「私の王国軍への最後のご奉公は、ガブス侯爵を潰すことだ。ダストン元男爵家の隠し資産が見つかるかどうかはわからないが、そんなことは些末《さまつ》な問題だ。財宝なんてものは、あとで見つかっても嬉しいものだからね。だが、今すぐにでも財産が欲しいあいつは、必ずダストン元男爵家唯一の生き残りである彼女を手に入れようとするはずだ」

ダストン元男爵家一族唯一の生き残りであるその娘なら、隠し財産の在処《ありか》を知っているはずだと、ガブス侯爵が思っても不思議ではないか……。

「必ず彼女の正体に気がつき、その身柄を押さえようとするであろう。痩せても枯れても侯爵である奴に、彼女の存在を調べられないわけがないのだから。ビックス伯爵家で匿うという手もあるが、それではガブス侯爵が死ぬまで、彼女に行動の自由がなくなってしまう。ここでケリをつける」

「そのために、彼女をユキコさんに預けるというのか？」

それは、その娘を囮《おとり》にしているに等しいではないか。

もしそれがユキコさんに知られたら、決してイワンをよく思わないだろうに……。

「彼女を危険に晒してしまうが、今ガブス侯爵を潰さなければ、将来もっと危険なんだ」

バカで放蕩者のガブス侯爵は、将来もっと経済的に追い込まれるはずだ。

もしそうなれば、身寄りのない彼女の身がもっと危険に晒されてしまうと。

だから今、ガブス侯爵を潰してしまおうとしているわけか。

侯爵家を潰すのは難しいが……だから、最後のご奉公か……イワンは自分の将来を犠牲にして、ガブス侯爵と刺し違える覚悟なのだ。

「協力してもらえるかな？」

「ああ、いいさ」

「即断即決だね」

「今は代官の仕事を終えて暇だしな。なにより……」

「なによりなんだい？」

「私はガブス侯爵が嫌いでね。あいつの顔を王城内で見ずに済むようになるのは、とても嬉しいことだ。それに……」

「まだなにかあるのかい？」

「ユキコさんなら、わかってくれるだろう」

イワン、好きな女性の懐の深さを疑うのはよくないな。

「変に隠すよりも、お店で働いていた方がガブス侯爵も手を出しにくいだろう。私たちも監視に回ろう。それにあの娘はいまや天涯孤独の身だ。ユキコさんのような、懐の深い人がそばに居てくれた方がいいだろう」

ユキコさんはお店をリニューアルオープンすると聞いていたし、人手不足だとも言っていたから、その娘にはもう一人の看板娘として働いてもらうとしよう。

ユキコさんのことだからすぐに真実がバレてしまうかもしれないけど、そうなったら二人で頭を下げれば済む話だ。

「しかしイワンも損な性格だな。ダストン元男爵家の血を引く娘だ。言葉は悪いが、その辺で野垂れ死んでも誰も気にしないはず。それをわざわざ救うなんて」

「そう思わなくもなかったが、あの子に罪はないからな。そういう星の下に生まれてしまったのは、彼女の罪ではないのだから」

では仕方がないな。

私たちも、ユキコさんの懐の深さに縋る身だ。

この件が無事に解決したら、倍返しといこうではないか。

お互い、男としての沽券《こけん》に関わるからね。

男二人のみの内緒話も終わったことだし、早速その娘を連れてユキコさんのお店に向かうとするか。

第十一話　リニューアルオープンと新しい看板娘

「お爺さん、新しいお店って、意外と元の場所に近いですね」

「うむ。ここは再開発の対象から外れたエリアでな。ここなら、以前と変わらず商売ができるはずだ」

「ありがとう、お爺さん」

「ワシも贔屓《ひいき》の店をなくしたくないのでな。こういう時にこそ、スターブラッド商会元当主の力を利用すべきなのだ」

「正しい力の使い方ですな、ご隠居」

「親分さん、随分と縄張りが減ってしまって……大丈夫ですか？」

「事前に手は打ってあるのでね。いくら再開発されようと、土地自体は動かしようがない。そこを押さえておけば、将来必ず金になるのさ。念のため、新しい王都郊外のエリアにも手を出しているがね」


残念なことに、私たちの『ニホン』はすぐにでも取り壊しが始まるそうだ。

そこから、お爺さんが探してくれたこの新しい物件に引っ越し、『ニホン』をリニューアルオープンさせる必要がある。

この新店舗も、一階は店舗……元酒場だったそうだ。

前の店主は、老齢のため引退したとお爺さんから聞いた。

お酒を貯蔵する地下室もあるそうで、しかもかなり広いので、他の食材も保管できそうだ。

二階は住居で店主さんと奥さんが住んでいたが、二人は引退後、故郷のある王都郊外の村に戻って楽隠居を始めるって聞いたわ。

部屋は三つあって、私、ララちゃん、ボンタ君で住めばいいのかな？

ボンタ君がいれば、女性二人だけで住むよりも安全なはずだから。

彼が男性としての本能に目覚めて……というのはイメージできないし。

「ボンタ、頼むぞ」

「任せてください、親分」

「おかしな真似はするなよ」

「それはないですね」

親分さんはボンタ君に私たちを守るように命令するのと同時に釘も刺したけど、本人は速攻であり得ないと言い放った。

それってつまり、私とララちゃんはボンタ君に女性扱いされていない？

安全なのはいいけど、なんか少し腹も立つわね。

でも私なんて、お母さん扱いだものなぁ……。

ララちゃんも、妹みたいな扱いなのであろう。

ボンタ君、こう見えて女性にモテるからなぁ……旅の間にお店を出していた時とか特に、主におばさんやお婆《ばあ》ちゃんにだったけど……。

こういう息子や孫が欲しいって。

本人は苦笑いを浮かべていたのを思い出すわね。

まあボンタ君、イケメンってタイプじゃないからなぁ……。

「まずは引っ越し作業かしら？　荷物はお爺さんに預かってもらっていたから……」

「力仕事なので、僕の仕事になりますね」

「あとは……なるべく早くリニューアルオープンできるよう、今から味噌煮込みも仕込んでおかないとね」

「ユキコさん、お部屋が別になるってことは新しいベッドが必要なのでは？」

「そうだったわ！　他にも必要な物があるわね。買い物にも行かないと」

「ユキコさんとお買い物、とても楽しみです」

「女将さん、私もつき合いますから」

「ファリスさん、学校はいいの？」

「私、優等生なので」

とにかく一日でも早くお店をリニューアルオープンさせるため、私たちは大忙しでその準備を始めた。

ボンタ君は重たい荷物を運び……私の『食料保存庫』って、食品及び調理器具しか仕舞えないのよねぇ……。

だから、私室にあった重たいものは全部ボンタ君に運んでもらった。

ララちゃんは、新たに購入した大鍋で味噌煮込みを作っている。

もう一つ、新メニューがあるのだけど。

「女将、初めて嗅ぐ香りだが、妙に食欲を誘うな」

ちょうど親分さんが様子を見に来てくれた。

「南の海で手に入れた、カレー風味の煮込みですから」

旅の途中でカレー粉を大量に入手したので、それを用いた煮込みを新メニューとして出す予定だった。

カレーライスは……お米の安定供給が成るまでは、自家消費だけにしないと。

もうお米ナシの生活は我慢できないから、在庫はすべて自家消費する予定よ。

というわけで、味噌煮込みを改良してカレー風味の煮込みを作っていた。

すでに何度も試作していてララちゃんたちにも好評だったので、新しいメニューとして提供する予定だ。

他にも、塩煮込みと醤油《しょうゆ》味の煮込みも完成させている。

今回の旅で私の謎スキル、味噌と醤油を指先から出せる量が増えたので、串焼きの味も、塩、タレ、味噌ダレ、カレーダレと種類を増やし、メニューを強化した。

私のお店の売りは、やっぱり煮込みと串焼きなのよ。

それをツマミに、エールという利益率が高いお酒を飲んでもらう。

「試食いかがですか？」

「すまないな」

私は、小鉢にカレー煮込みをよそって親分さんに出した。

「ほほう。これはいいな。エールが進みそうだ」

「親分さんは面倒見ている人たちが多いから、お酒の飲みすぎは駄目ですよ」

「気をつけるよ、女将」

はぁ……。

やっぱり親分さんはいいわねぇ……。

旅の途中で色々なイケメンに出会ったけど、やっぱり渋い親分さんが一番だと思う。

「お店はいつリニューアルオープンするんだ？」

「明日の夕方からになります」

「そうか、俺も顔を出すよ」

「ありがとうございます」

旅も楽しかったけど……色々とありすぎたけどね……王都のお店で親分さんに煮込みや串焼きを出していると落ち着くわね。

長年お店をやっていたわけではないけど、ここが心地よい居場所になってしまったというか……。

あっ、でも。

ここは新店舗だったわ。

そんなことを考えていたら、意外な人がやって来た。

「お兄さん、このお店のオープンは明日からで、まだ準備中だぜ」

お店は明日からなので、表には準備中の札がかかっていた。

それを無視して入って来た男性客に親分さんが注意してくれたのだけど、その人物はなんとイワン様であった。

一度王都に戻るとは聞いていたけど、まさか本当に私のお店に来るとは思わなかった。

そして彼には意外な同行者の存在が……。

「その子、イワン様のお子様ですか？」

「ユキコ君、私は独身だよ」

「独身でも、子供は作れるさ」

「ヤーラッドの親分、茶化さないでくれ。私の年で、こんな年齢の子がいるわけないでしょうが」

あれ？

もしかして、二人はお知り合いだったとか？

「色々とあって、ヤーラッドの親分とは顔見知りでね」

巡検使でもあり、他にも麻薬関連の捜査もしていたから、イワン様と親分さんが知り合いでもおかしくはないのか。

イワン様も知れば知るほど、ミステリアスイケメンでいいなぁ……おっと、私ってこんなに移り気な女だったかしら？

最近、イケメンと知り合う機会が多いからね。

「さあ、ご挨拶」

「アイリスと申します」

ララちゃんと同じくらいの年齢かしら？

色白で、ライトブラウンの髪をツインテールにしているとても可愛らしい子だ。

ちょっと元気がないかな？

大分小柄で胸は……勝った！

って！

相手はまだ十三〜四歳なのに、空《むな》しい勝利宣言ね……。

そのうち抜かれるかもしれないのに……抜かれたくない！

「ユキコ君、リニューアルオープンで人手不足だろう？　ちょっとワケありの子なんだけど、以前雑貨屋では働いていた経験があるそうだ。三枚目の看板娘としてどうかなと思ったのさ」

「人は欲しいですね。実際問題。で……三枚目ですか？」

私がいますよ！

一枚目の看板娘が！

イワン様！

「おほん！　四枚目の看板娘だ。欲しいだろう？」

欲しいけど、問題は信用できる人かどうかが一番重要なのよね。

そうでなければ、いない方がまだマシだった、なんてことになりかねないし……。

「私の紹介ということで頼むよ」

「イワン様の紹介ということなら」

「ユキコ君、もう私のことは『様』づけで呼ばなくてもいいよ」

「ですが……」

あの時は店員さんに化けていたから、『様』づけで呼ぶわけにいかなくて。

でもイワン様は、伯爵家の人だから。

「もう巡検使の仕事はお役御免になってね。ここに来る時はお忍びになるから、様はいらないんだよ」

「それなら。イワンさん」

『『さん』もなくていいけどね」

「それはさすがに……イワンさん年上ですから……」

彼氏や夫でもないからなぁ……。

この世界だと、彼氏や夫でも呼び捨てはなさそうだけど。

「そうだ！　アイリスちゃんですけど、通いですか？」

「それが、できれば住み込みでお願いしたいんだ」

「となると、部屋割りはどうしようかな？」

ボンタ君は男子なので、他の従業員と組み合わせるわけにはいかない。

私は……いくらお母さんポジ扱いでもねぇ……彼は男の子だから。

「ララちゃんとアイリスちゃんで一部屋は……難しいか……」

いきなり初対面の人と同じ部屋で寝るのは嫌よね、お互いに。

「じゃあ、私も無理かぁ……」

私も、アイリスちゃんと初対面なのは同じなのだから。

「それなら、以前と同じく私とユキコさんが同じ部屋がいいです。アイリスさんは、慣れたら考えましょう」

ララちゃんの意見が正しいかな。

もしアイリスちゃんがお店に馴染《なじ》んだら、ララちゃんと同じ部屋ということも可能になるのだから。

「ボクは……ララさんや店長さんと一緒でも構いません。置いていただけるのなら、それだけで十分ですから」

この子、いわゆる『ボクっ娘』なのか！

ツインテールと合わせて、実際に傍で聞くと可愛いわねぇ……。

いいわぁ……こんな妹がいたらめっちゃ嬉しいもの。

ララちゃんとは、また違うタイプなのがいいわ。

「じゃあ、ララちゃんはこれまでお店のためによく尽くしてくれたのだから、一人部屋を使ってもらいましょう。私とアイリスちゃんで一部屋ね」

そうね。

いくらイワンさんのお墨付きでも、私がちゃんと見ていた方がいいものね。

それにアイリスちゃんは可愛いから、役得がないわけでも……。

私にそういう趣味はないけど、なんか可愛いものを愛《め》でたいというか、見ていたいというか……

そういうことなのよ！

「え────っ！　それなら私が、前と同じくユキコさんと一緒でいいですよぉ────！　むしろその方がいいです！」

「ララちゃん？」

せっかく、個室を貰えるチャンスなのに？

あと、むしろその方がいいって……そこはあえて突っ込まない方が安全かしら？

「やっぱり、アイリスさんがお店に慣れるまでは一人の方がいいと思います」

「あの……ボクは……」

「うーん、いっそ、三人一部屋ってことにする？」

「思わぬ争いになってしまったね。では、その一部屋、私に貸してくれないかな？」

「イワンさんが？」

まさかここで、イワンさんが三つある部屋のうちの一つを貸してくれと言い出すとは思わなかった。

「イワンさん、ご実家で寝泊まりしているんですよね？」

「なんだけど、ちょっとアルバイトみたいな仕事を引き受けてしまってね。実家から通うと遠いけど、ここから通うと便利なのさ」

「アルバイトですか？」

貴族様がアルバイトねぇ……どんなアルバイトなのかしら？

「ちょっと知り合いに頼まれて、仕事を手伝うだけだから短期なんだ。その間だけ貸してよ。それが終わった頃にはアイリスもお店に慣れているはずだから、その時にまた部屋割りは考えればいいと思う」

「そういう事情なら……」

「ユキコ君、すまないね」

「あれ？　でも、そうなると……」

私と、ララちゃんと、アイリスちゃんで一部屋かぁ……。

あの古いベッドは大きいから大丈夫なんだけど……女の子とばかり一緒に寝ていたら、婚期がますます遠ざかりそうな気がしてならないわ。

別に結婚を焦るような年でもないけどね。

「ユキコ女将、超久しぶり！　本当はすぐに会いたかったけど、俺様仕事が忙しかったから今日になってしまったぜ。これも、ユキコ女将を嫁に迎え入れるためだから！　ユキコ女将ぃ――――！

あれ？」

「あれじゃないですよ！　いきなり抱きつこうとしないでください！」

「ミルコ、いきなりレディーに抱きつくのは大人の男性とは言えないな。なあ、ユキコ。リニューアルオープンおめでとう。これを君に」

「花束、綺麗ねぇ」

「あれ？　アンソンのウケがいいな」

「女性には花が一番なのさ。ミルコは子供だからなぁ」

「アンソンには言われたくねえよ！」


リニューアルオープン当日。

お店には以前の常連さんの大半と、ミルコさんとアンソンさんも駆けつけてくれた。

ミルコさんはいきなり私に抱きつこうとしたから、慌てて回避したけど。

アンソンさんは、私に花束をプレゼントしてくれた。

やっぱり、お花を貰うと嬉しいものね。

「ララちゃん、これ花瓶に生けてくれないかしら？」

「了解です。でも、花瓶残ってたかな？」

「はははっ、なにも花はアンソンの専売特許ではないようだな」

実は、お爺さん、親分さん、他の常連のお客さん（おじさん）たちもお花を持って来てくれており、もう花瓶が残っていないかもって状態だった。

「うるさいなぁ……なにも持って来なかったお前が言うな！」

「うぐっ！　俺は沢山飲み食いするから。これこそが、ユキコ女将への一番のプレゼントだと俺様思うんだぜ」

「あながち間違いでも……なあ、ミルコ」

「ああ、お忍び風の貴族が二人もいるんだぜ」

ミルコさんもアンソンさんも、お店に来てくれたイワンさんとフレドリックさんの正体にすぐに気がついたようね。

ミルコさんは、お爺さんの影響と、今はお肉を多くの貴族家にも納品しているので。

アンソンさんは元々王城に勤めていたので、貴族と平民の違いがよくわかるのだと思う。

二人の正体にすぐに気がついていた。

「ほう。スターブラッド商会元当主の孫と、若手一番と称される料理人か……」

「ユキコ君、君は顔が広いね」

「そうですか？」

そういう自覚はないのだけど……。

私はただの、大衆酒場の店長兼オーナーなのだから。

「とにかく、リニューアルオープンが成功してよかった」

「アイリスのことを頼んだ手前もあるから、安心したよ」

「それもあるか」

「フレドリックさんも、アイリスちゃんと知り合いなんですか？」

彼も身分を隠してお忍びで来ているので、『様』ではなく『さん』づけにしていた。

それはどうでもいいのだけど、アイリスちゃんって貴族の係累なのかしら？

でも雑貨店で働いていたって聞いたし、接客の経験があるのは事実のようで、初日からちゃんと戦力になっていた。

聞きにくいけど、もしかして二人のお父さんのどちらかの隠し子とか？

異母妹が心配というのなら、二人がここにいる理由も理解しやすい。

どちらにしても、アイリスちゃんはいい子で戦力になるから問題ないけどね。

「直接は知らないけど、イワンから聞いていたのさ」

「あれ？　イワン、ですか？」

「あれだけ色々とあったんだ、仲良くもなるさ」

「それもそうですね」

「私もフレドリックも、このお店には通わせてもらうから。アイリスの様子も気になるからね」

もしかして、イワンさんが二階の部屋を借りたのって、アイリスちゃんが気になるから？

「実は妹さんとか？」

「さすがにそれはない。うちの父は堅物で有名でね。外に子供を作るなんてできるわけがないのさ」

「じゃあ、イワンさんのお兄様が？」

「それもない。すまないが、もう少しだけ事情を話すのは待ってもらっていいかな？」

「はい」

「あとで必ず話すから」

アイリスちゃんには、なにか秘密があるみたいね。

でも、そのうちイワンさんが話してくれるでしょう。

とにかく無事に人は増えたし、大衆酒場『ニホン』のリニューアルオープンが成功してよかったわ。

「ミソニコミとカレーニコミ。お待たせしました」

「アイリスちゃん、上手くやれているようでよかった」

「これで、三枚目の看板娘誕生だね」

「……」

「ユキコさん、どうかしたのかな？」

「みんな、私を看板娘だとは思ってくれないんですよ……」

「ユキコさんは……その……しっかりしているから……」

「イワンさんも、同じようなことを言っていましたけど……」

「そうなんだ。しっかりしているは誉《ほ》め言葉だと私は思うよ」

大衆酒場『ニホン』のリニューアルオープンは大成功だった。

お店も以前より大きく新しくなり、お客さんも増え、アイリスちゃんもララちゃんとファリスさんに次ぐ看板娘としてお店に馴染んだようね。

アイリスちゃんはなにか事情があるようだけど、本人はそれがわからないみたい。

イワンさんが秘密にしているから。

聞けば、以前はとある村でお母様と二人暮らしだったけど、すでにお母様は病で亡くなってしまったそうだ。

お母様が病床についてから、アイリスちゃんはお母様の代わりに雑貨店で働いていた。

アイリスちゃんのお母様はとても綺麗な人だったそうで、母娘《おやこ》で村の雑貨店の看板娘的な存在だったそうだ。

お父様はお母様と正式に結婚しておらず、数ヵ月に一度、生活費とアイリスちゃんへのプレゼントを持って村にやって来た。

お父様は、魔法薬やその原料を売る商売人だったそうだ。

どこかで聞いたことがあるなと思ったら……あのおじさんと同じ様な仕事をしているわね。

念のため、アイリスちゃんにお父様の身体的な特徴などを聞いてみたけど……。

「――イワン様、これはどういうことでしょうか？」

「ユキコ君、この部屋にいる私に『様』づけは駄目だよ。いやぁすぐにバレてしまったなぁ……」

「イワン、そういう誤魔化しは感心しないな。ユキコさんの予想どおり、アイリスはダストン元男爵家最後の生き残り……あまりに小さい子たちは教会に送ったので、娑婆《しゃば》で生き残っている最後の一人ということになる」

やっぱり……。

でも、どうしてそんな娘を私に預けたのかしら？

「事情を説明するとだね……」

観念したイワンさんが、経緯を話してくれた。

アイリスちゃんは、あのおじさんの婚外子なのかぁ……。

「ええと……お母さんに似たんですね」

「そういうことになるのかな」

私の考えに賛同するフレドリックさん。

あのおじさん、全然貴族っぽくなかったし、決してイケメンではなかったわね。

あのおじさんの娘という事実で身構えそうになるけど、アイリスちゃん自身はいい子だからなぁ……。

数ヵ月に一度しかお父さんが会いに来なかったからこそ、アイリスちゃんは悪に染まらなかった……あのおじさんも、アイリスちゃんに仕事を手伝わせなかったということは、それを望んでいなかったはず。

「ダストン元男爵家の隠し財産ですか……」

百年以上も麻薬の密造と密売に関わってきた一族だから、散財していなかったら、きっとかなりの財産があるはずよね。

「そういうのって、王国が見つけて没収するんじゃないですか？」

「当然探しているし、見つかればそうするね」

「つまりまだ見つかっていないと？」

「だから王国も懸命に探しているし、どうにか先に手に入れようと暗躍する貴族も出てくるのさ」

隠し財産だからこそ、先に手に入れてしまえば誰にも咎められない。

こんなに美味しい話はないのかぁ……。

あくまでも見つかったらだけど。

「そういう野心がある貴族がクソで、アイリスが危ないから、こちらとしても奴を潰す覚悟をしたわけだ」

私にアイリスちゃんを預け、イワンさんはアルバイトに通うためと言う名目でうちの二階を借り、フレドリックさんもお忍びでうちのお店に通うばかりでなく、定期的にイワンさんを訪ねていた。

どうやら他にも人を動かしているようだ。確かに最近、気配を感じるけど危険はないから放置していたら、実はこのお店を厳重に見張っていたみたい。

「貴族を潰すなんて大丈夫なんですか？　大物だったら特に問題が多いような……」

相手の身分によっては逆に、イワンさんやフレドリックさんが罰せられそうな気がしてしまう。

正義の前に、身分と権力が立ち塞がるという、比較的よくある話だ。

「ユキコ君、これは貴族である私の集大成なのだ。元より私は貴族というものに大して拘りがなくてね。暇でまったく構わなかったんだが、巡検使の皮を被りながら、麻薬に関連する事件を追いかける理由があったのさ。だけどそれがなくなってしまった以上、私はガブス侯爵と心中しても構わない」

「イワンさん……」

「ああ、心配しないでくれ。私は別に死ぬつもりはないから。役職に就けなくなっても問題ないって意味だから」

そのガブス侯爵という人を潰すためなら、自分は以後飼い殺し状態でも構わないってことか。

「ガブス侯爵という人が、アイリスちゃんを狙ってるんですか？」

だからこそ、このお店という比較的人が集まる場所に、アイリスちゃんを預けたわけね。

「ガブス侯爵は、アイリスちゃんの存在に気がついたのですか？」

「気がついたみたいだ。元々は気がついていなかったのでアイリスは安全だったが、ガブス侯爵は本人は無能でも、家臣や取り巻きには知恵が働く奴もいる。じきにバレると思ったからこそ、先んじてユキコさんに預けたわけだ」

アイリスちゃんの存在に気がついたガブス侯爵は、間違いなく彼女を攫おうとするであろう。

なぜなら、ダストン元男爵家唯一の生き残りだからこそ、隠し財産に関する情報を知っている可能性が高いのだから。

「下手をしたら、アイリスは攫われて拷問でもされかねん。ガブス侯爵は人間のクズだからな。自分さえよければ、他人になにをしてもいいと考える奴だ」

そんな人が侯爵様なのかぁ……。

この王国って、大丈夫かしら？

「まともな貴族や王族の方が多いと、私は思いたいね」

私もそう思いたいけど、イワンさんはどこか信用していないようにも見える。

ダストン元男爵家とか、ガブス侯爵とか、悪い例が続いたからなぁ……。

「そういえば、アイリスちゃんに真実は話していないのですか？」

「まだ話していないというか……正直迷っている」

「私もイワンの気持ちがよくわかるのだ。このままずっと秘密にしてもいいのではないかと」

知らぬが仏かぁ……。

気持ちはわかるし、私も迷うと思うけど……。

「私は、アイリスちゃんにちゃんと説明した方がいいと思います」

「どうしてそう思うのかね？」

「もしかしたら、アイリスちゃんは将来自分の父親のことを、なにかの偶然で知ってしまうかもしれません。その時に、自分を引き取ってこのお店に紹介したイワンさんが黙っていたことを知ったら、大きなショックを受けると思います。彼女はまだ大人ではないですけど、子供でもありません。ちゃんと彼女と向き合って真実を話した方がいいと私は思います」

「大人ではないが、子供でもないかぁ……」

「私も一緒にいますから」

居てなになるって意見もあるけど、私はこれでも結構アイリスちゃんに慕われていると思う。

このところ、同じベッドで毎日一緒に寝ているから。

今の彼女は気丈で、お店でも看板娘として明るく振る舞っているけど、寝ている時は私によく抱きついてくる。

きっと不安なんだと思う。

お母さんを病で亡くしたばかりで、姿を見せなくなったお父さんは麻薬の密造と密売で処刑されてしまったことも知らない。

彼女に罪はないけど、もしそれが世間に知られた場合、なにも不都合がないわけがない。

それならば、ちゃんと事実を知らせておいた方がいいと思うのだ。

知っておけば、少なくともそれに備えることはできるのだから。

「こういう時、案外男は駄目だね。ユキコ君に感謝するよ」

「そうだなぁ……私でも言いにくい。居て役に立つかわからないが、私もつき合おう」

私たちは真実を話すため、アイリスちゃんを呼び出した。

「店長さん。どうかしましたか？」

「ちょっとお話があって……えっ？」

あれ？

どうして私が話すことになっているのかしら？

イワンさんもフレドリックさんも、このタイミングで私にそれを任せるのは、汚い大人の典型だと思う。

「(私が言うしかないのか……) あのね……アイリスちゃん。私は、あなたのお父さんと会ったことがあるの」

私は、とある町で巨大なアリの大群が城壁に押し寄せたあの事件のこと。

そこで、魔法薬とその原料を商うアイリスちゃんのお父さんに出会ったこと。

町で食べ物を売っていた時、お父さんは常連になってよく来ていたこと。

しかし、町の城壁に押し寄せるアリの大群を誘ったのは、アイリスちゃんのお父さんであること。

彼は城壁の町をアリたちに落とさせ、住民を皆殺しにしようとしていたこと。

その理由も含めて、私は彼女にお父さんの話を続けた。

「お父さんが、そんな悪いことをですか？　でも、たまに村にやって来るお父さんはとても優しくて……」

やはりそうか。

おじさんは、アイリスちゃんを自分たちの稼業に巻き込まなかった。

自分の正体も、絶対に知られないようにしていた。

そして、数ヵ月に一度。

アイリスちゃんに会いに行くことがなによりも楽しみだったんだ。

「きっと、おじさんは自分の稼業を嫌っていたんだと思う」

でも彼は、麻薬密造と密売で改易されたダストン元男爵家の跡取りだった。

すでに爵位と領地を失ってしまった今、密かに麻薬を密造、密売することは、いつかそれを取り戻す資金を得るのと、一族、家臣たちの結束に必要だった。

将来の当主として生まれたおじさんは、生まれながらに麻薬に関わるしかなかった。

『もうやめよう』とは、口が裂けても言えなかったのだと思う。

「逃れられない一族の業か……」

フレドリックさんの言葉が正しいのだと思う。

「一つ疑問なのですが……」

「なにかな？　ユキコ君」

「ダストン元男爵家ですけど、全員が百年以上も一心不乱に麻薬の密造と密売に邁進《まいしん》する、なんてことが可能なのですか？　罪悪感に苛《さいな》まれた離反者が出てもおかしくないのに……」

「そういう者たちは消されたんだろうな。血の結束、一族の掟《おきて》……そこに生まれながらにいた者たちは、それから逃れられない者が多いのだ。だからこそ、離反者は許されない。捜査中、たまに密売人や運び屋の死体が見つかることがあった。もしかしたら、ダストン元男爵家に関わっていた者もいたのかも。大半はアリたちの餌だろうが……」

日本でも、『うちの村は、昔からこうするのが決まりだ！』と言われて、それに逆らえない人たちがいるからなぁ……。

『麻薬密造と密売が家業だ！』よりはマシなのかな？

田舎の村は、自分が出て行けば済む話なのだから。

「そんな生活の中で、アイリスちゃんに会うことだけが楽しみだったんだと思う。確かに、アイリスちゃんのお父さんはとても悪いことをした。でも、アイリスちゃんを娘として愛していた事実は本物だと思う。そのことは一生大切なものとして胸に仕舞っておけばいいと思う」

「てんちょうさん……ユキコさぁ――――ん！　うわぁ――――ん！」

お母さんが亡くなり、お父さんも行方知れずで、突然イワンさんに引き取られ、私の店で働くことになり、とても不安だったのだと思う。

ましてや、アイリスちゃんはまだ十三歳だから当然だ。

私は、『私の！（あえてここは強調！）』胸に縋りついて泣くアイリスちゃんの頭をそっと撫《な》で続けるのであった。

そして……。

「じぃ――――」

「ユキコ君、すまない」

「こういう微妙な年頃の少女への対応は苦手で……」

「へえ……フレドリックさんは、妙齢の美女でなければ対応できないと？」

「そういうことではないよ。なあイワン」

「そう。言うほど我らだって恋愛経験豊富ってわけではないからね。それは、ユキコ君の誤解だよ」

アイリスちゃんへの説明を私に丸投げした件で二人を責めたら、イケメンなのにあたふたして面白かったから、これで貸しはなしということにしておきましょう。


「おはようございます、ユキコさん」

「おはよう、アイリスちゃん。大丈夫かな？」

「はい。まだ完全に割り切れたわけではないですけど、私は一人じゃないってわかったので」

「ならいいわ。なにかあったら、すぐ私に相談してね。イワンさんとフレドリックさんもいるけど」

「あはははっ……」


翌朝、アイリスちゃんは元気に見えた。

昨日のことを完全に過去のこととするには時間がかかると思うけど、空元気も元気のうちって言うし、イワンさんもフレドリックさんも彼女をとても気にかけている。

大丈夫だと思う。

「で……ララちゃんは、なにこの世が終わったような顔をしているのかしら？」

「(アイリスさんが、今日から急にユキコさんと名前で呼び始めた……これはつまり、同じベッドで寝ているから、その関係が急に深まって……でも、私も同じベッドで一緒に寝ていて……ユキコさん、最近私の胸を触らなくなったから……飽きられた！)」

「ララちゃん……なにをブツブツと？」

「えっ！　いえ、なんでもないです！　掃除します！」

「ララさん、私も一緒にやります」

今日も昼からお店の開店準備を行い、夕方、店の入り口の前に気が早い常連たちが並び始めたその時。

私が予想していなかった人物が姿を現した。

いかにも悪趣味で、お金だけはかけている金ピカな服と装飾品の数々。

数名の屈強な護衛を連れており、彼がイワンさんとフレドリックさんが言っていたガブス侯爵なのだと思う。

痩せ型みたいなのだけど、お腹だけ異常に出ていて、お酒の飲みすぎで中性脂肪過多なんだと思う。

生活習慣病に気をつけないで大丈夫なのかしら？

「この店の店主はいるか？」

「はい、私ですけど」

「アイリスとかいう小娘は？」

「私です」

「屋敷に来い！　この私、ガブス侯爵様の命令である！」

「「「「「「「……」」」」」」」

ガブス侯爵は、見た目どおりとても偉そうだった。

でもいきなり自分が来ちゃうのね……考えなしの人なのかしら？

自分の命令だから、必ず従うと思い込んでいる。

出来の悪い時代劇でもあるまいし、いくら貴族でも平民にそんな無茶を強いる法などない。

まともな貴族はそんなことはしないけど、評判の悪いガブス侯爵なので、店の外で待っていたお客さんたちは全員、『こいつならやりかねないな』といった表情を浮かべていた。

本当に、評判が悪いのね……

「ガブス侯爵様、無茶はやめてください」

「平民風情が、この私の命令に逆らうのか？　王国建国以来の名家であるガブス侯爵家の当主であるこの私に？　無礼にもほどがあるぞ！」

もの凄い上から目線。

アホに特権が組み合わさると、ここまで醜くなるのね……。

「ですから、私と彼女は正式に雇用契約を結んでいるのです。彼女を誘うのは、それが終わってからにしてください」

いつ雇用契約が終わるのか……しばらくはないけど。

「そんなこと知るか！　私が屋敷に来いと命じているのだぞ！　いいか、この私がだ！」

完全に話が嚙《か》み合《あ》わないのが、逆に凄いと思う。

どうしようかな？

この人、本物のバカだ。

「私に逆らうということは、この国にいられなくなるということなのだぞ！」

「そうなんですか？」

私は、静かに店に入ってきたイワンさんとフレドリックさんに声をかけた。

二人とも、このガブス侯爵を警戒していたから、このところ毎日お店に来ていたのだ。

さすがに身分がバレると困るので、裕福な平民といった感じの格好をしていたけど。

「ガブス侯爵殿、貴殿はあまりに能力に問題があり、なんの役職も得られていないだろうが」

「そんな人がたとえ貴族でも、少女を屋敷に連行する権利なんてないのだ。理解できたかな？」

イワンさんも、フレドリックさんも、侯爵様をそんなに挑発して大丈夫なのかしら？

「なんだ？　お前らは？」

「おいおい。頭が悪すぎて私たちのことまで忘れたか？」

「何度も城内で顔を合わせたことがあるのに、私を思い出せないとは……。それは仕事がないわけだ」

ガブス侯爵の頭が悪いのは事実だけど、随分と煽るのね。

もしかして、以前からよほど腹に据えかねていたとか？

「なんだと！　平民風情がこの私をバカにしおって……あっ！　貴様は、ビックス伯爵家の次男坊じゃないか！　そしてそっちは、サレトル男爵家の跡継ぎか！」

フレドリックの家名って、サレトルなのね。

普段名乗らないから、今初めて知ったわ。

しかも、未来の男爵様かぁ。

「ようやく思い出したのか。本当に、私たちのことがわからないのだとばかり思っていた」

「貴殿は、三歩歩くと全部忘れるからな」

「貴様らぁ――――！」

これは、二人でわざとガブス侯爵を煽り、対立の軸を貴族同士の争いにしようとしているのかしら？

それならただの貴族同士の喧嘩ってことで、王国も私たちを罰することはないはず……だよね？

「（お爺さんも、親分さんも、ミルコさんも、アンソンさんも静かにしている……）」

彼らの場合、貴族と争いになると、平民なので不利になるから静かにしているのだと思う。

イワンさんとフレドリックさんとは、すでに打ち合わせ済みってわけね。

「無礼だぞ！　二人とも！」

「では決闘といこうか？」

「私とイワン。好きな方を選べ。決闘の名目は貴殿が考えればいい」

「うっ！　決闘だと！」

貴族同士で揉めた場合、決着をつけるのに決闘が用いられるケースがあると聞く。

決闘を申し込まれたガブス侯爵が急に静かになったけど、間違いなく二人に勝ち目がない……ガブス侯爵に腕っ節で負ける人はほぼいないとも言えるわね。

「どうした？　ガブス侯爵」

「……ビックス伯爵家ほどの大貴族の人間が、軽々しく決闘などと……」

「そうかな？　我がビックス伯爵家は武で名を馳せた家だ。無駄に家の歴史が長いガブス侯爵家の当主なら知っていよう？　それに私は次男だ。父も兄もなにも言わないさ。さあ、決闘を始めようか？」

「なんなら私でもいいぞ」

「……今日はこれで引き揚げるが、覚えておけ！　その小娘は必ず手に入れてやるからな！」

イワンさんとフレドリックさんの妨害に苦慮したガブス侯爵は、捨《す》て台詞《ぜりふ》を残すとそのまま店を出てしまった。

「これは、第二ラウンドがあるな」

「ですよね」

親分さんは、ガブス侯爵が引き下がるわけがないと思っていた。

今日は、たまたまイワンさんとフレドリックさんがいたから失敗したと思っていそうだからだ。

あの人、バカっぽいからなぁ……。

「ご注文のある方はどうぞ」

「俺様、お任せ串焼き五本セット、塩で」

「俺は同じ物をミソダレで。あと、エールお代わり」

そのあとは、まるで何事もなかったかのようにいつもの光景に戻ったけど、問題は明日からだよねぇ……。

「ふと思ったんですけど、極力アイリスちゃんを家業に関わらせなかったおじさんが、アイリスちゃんに隠し財産のヒントなんて渡しますかね？」

その日の夜中。

お店を閉めてから、店内で夜食の賄いを食べながら、みんなで今後のことを相談していた。

ララちゃん、ファリスさん、アイリスちゃん、ボンタ君、親分さん、お爺さん、ミルコさん、アンソンさん。

イワンさん、フレドリックさんは、もうこの場にいても違和感ないわね。

「ふむ、ガブス侯爵家の財政状況を考えるに、そのお嬢ちゃんが絶対にヒントを持っていると思いたいのであろう」

「お祖父様も、ガブス侯爵には随分と金を貸したんだぜ。昔の俺様も人のことは言えないけど、あいつに金を貸すなんて、ドブに捨てるようなものだ。あいつが嫌いな商人は沢山いるんだぜ」

ミルコさんによると、王都のある規模以上の商人でガブス侯爵に金を貸していない人はいないそうだ。

相手は侯爵なので断りづらく……お金は捨てたもの、必要経費だと割り切って貸していた……にしても、腹は立つでしょうね。

そして当然のごとく、銅貨一枚返済されていない。

わかりやすいクズ人間ってことね。

「いくら大貴族でも、それはないんじゃないのかな？」

「さすがに、陛下や他の貴族たちに釘を刺されてな。それに返済実績がゼロなんだ。一度お金を貸した商人はもう貸さない。ガブス侯爵のせいで大損をしたと申告して税を支払わなかったり、少なく納税するくらいの知恵を絞るのが商人だ。そうしないと生き残れないからな。王国としては非常に困るわけだ」

さすがに、ガブス侯爵家の権威で金を借りて返さない戦法はもう通用しなくなった。

「だから、ダストン元男爵家の隠し財産に拘るのかぁ……」

でもそれって、一発逆転を狙う、ギャンブルで身を持ち崩した人みたい。

「人間、追い込まれると、周囲の人間がクビを傾《かし》げるようなことを信じたり、始めたりするものだ」

親分さんは、過去にそういう人を何人も見てきたのであろう。

私も、借金塗れの人が変な投資話とか詐欺に引っかかる話を聞いたことがあった。

切羽詰まって心に余裕がないからこそ、よく考えないで大博打《おおばくち》に出るのが人間なんでしょうね。

「借金塗れで困っているはずなのに、ガブス侯爵はよく高級レストランに大勢を連れて来ているって聞いたことがあるな。食費くらい節約でもすればいいのに」

「実はガブス侯爵って、大金をこれみよがしに大勢の人たちの前で使ったり、贅沢な生活を送ることでしか、大貴族である自分を表現する方法がないのかもしれないわ」

そう思うと可哀想な人でもあるのだけど、同時に彼は、自分は大貴族なので平民であるアイリスちゃんをどう扱おうと構わないと思ってもいる。

イワンさんとフレドリックさんがガブス侯爵を追い落とそうとする理由がよくわかった。

「そんなわけで、アイリスはなるべく一人にならないでくれ。買い物なども控えた方がいいかな」

「そうですね」

イワンさんの考えは正しい。

お店にいれば守れるけど、アイリスちゃんが一人で外出している時にガブス侯爵の手の者が誘拐でもしたら守りようがないのだから。

「ララちゃんも女の子だから危ないわね。ボンタ君も一人では危険だから、しばらくお遣いや買い物は私とボンタ君でかしら？」

お店で使う細々としたものの買い出しも仕事としてあるのだけど、私とボンタ君で一緒にかぁ……。

デート感はゼロね。

「あっ、でも。お店の方がアイリスちゃんとララちゃんだけになっちゃう」

ガブス侯爵の手下たちが押し掛けると危険よね。

「簡単な買い物くらいなら、私かイワンが行くから安心してくれ」

「大した手間でもないし、これも仕事のうちだからね」

フレドリックさんとイワンさんが、足りない大根一本を買いに行く……イケメンだから、青果店のおばちゃんは喜びそうね。

「ところでお嬢さん、念のために聞いておくが、亡くなった父君からなにか預かっていないかな？」

「預かったものはないです」

もしかしたら親分さんは、本当にアイリスちゃんが、お父さんから隠し財産がある場所のヒントなどを預かっているかもしれない、と思ったみたい。

優しくアイリスちゃんに尋ねた。

優しく少女に声をかける親分さん、いつもと違っていいかも。

「父は数ヵ月に一度、ボクにお土産を買って来るのが決まりでした。お花やお菓子、食べ物だったこともあるので、残っているのは……」

アイリスちゃんが私たちに見せてくれたのは、何着かの可愛らしい服、小物類、アクセサリーはペンダントだけ。

そして、かなり大きな熊のぬいぐるみもあった。

「このぬいぐるみ、いいなぁって思ってたんですよ」

ララちゃんは、アイリスちゃんのぬいぐるみを羨ましそうに見ていた。

この世界では、ぬいぐるみはかなり高価な品だった。

大量生産などできるわけがなく、すべてが職人の手作りで、素材や縫製技術でも値段に大きな差が出て、有名な職人の手作りだとコレクターズアイテムとして高額で取引されることもあるって聞くわ。

「ふむ。有名な職人の作ではないが、いい仕事がしてある品だな。大切にしなさい」

お爺さん、ぬいぐるみにも詳しいんだ。

「商人はな。ご機嫌伺いで、貴族の子供が喜ぶぬいぐるみをプレゼントとして持参することが多いのだ。奥さん向けにアクセサリーや香水なども……」

役職や権限を持つ貴族の役得ってわけね。

「これだけか。となると、お嬢さんはダストン元男爵家の隠し財産について知りようがないな」

親分さんの予想は外れてしまった。

「あっ、でも。このペンダントの中にメモが入っていたりして」

ボンタ君が、ペンダントを開いて中になにか入っていないか確認した。

物語だとなにか入っている場合が多いのだけど、残念ながらなにも入っていなかった。

「残念です」

「ボンタ、このお嬢さんがとっくにペンダントの中を開けて見ているという考えはなかったのか？」

「親分にそう言われると、確かにそんな気がしてきました」

ボンタ君、やっぱり君は自警団には向いていなかったわね。

「となると、本当にアイリスも知らないのかな？　ユキコ君はどう思う？」

なぜかイワンさんは、私に聞いていた。

私、刑事とか探偵じゃないんですけど……。

「もしかしたら。そのぬいぐるみの中になにか入っていたりして」

私も、ボンタ君のことは言えないかも。

私もきっちり物語脳であったという……。

「ぬいぐるみの中かぁ……しかしこれは、父君の形見だからな」

やっぱり親分さんは優しいなぁ。

ぬいぐるみの中身を確認するためには、縫い目を切らなければならない。

アイリスちゃんの、数少ないお父さんの遺品を壊すのはどうかと思っているのだから。

それに、私はぬいぐるみの中からなにも出てこない可能性が高いと思っている。

だって、あまりに方法がベタすぎて……。

「別に構わないです」

「いいのか？　お嬢さん」

「はい。お母さんもお父さんも死んでいなくなってしまったけど、こんなにもボクのことを心配してくれる人たちが沢山いて嬉しいんです。ぬいぐるみはまた縫えばいいんですから」

「そうか、ありがとう」

親分さんは、アイリスちゃんから預かったぬいぐるみの背中の部分の縫い目の糸を丁寧に切り始めた。

すると中からは当然のごとく白い綿が出てきたけど、さらにその中に丸めて紐《ひも》で綴《と》じた羊皮紙が。

「まさか本当に出てくるなんて！」

あのおじさん、意外とベタなことを……。

「もしかして、ガブス侯爵はこのことを知っていたのでしょうか？」

「偶然であろう。ただ単に、このお嬢ちゃんがダストン元男爵家の血を引いていたから狙っているだけだ。中身を確認しよう」

「わかりました。ええと……これは！」

丸められた羊皮紙を確認するイワンさんであったが、すぐにその顔は驚きに包まれた。

「イワン、どうなんだ？」

「黒だな……ガブス侯爵の野郎め！　あいつがあの元当主に出した手紙だよ。羊皮紙まで使って、随分と期待していたようだな……」

手紙は、ガブス侯爵があのおじさんにあてたものらしい。

もし自分に資金援助してくれたら、王宮に図って男爵位を取り戻してやると。

「しかもご丁寧に、サインと花押まで……。あいつは本当にバカなんだな……」

フレドリックさんが呆れるのも無理はない。

だって、サインと花押がガブス侯爵本人のものと認められたら、彼が麻薬の密造と密売をしていたダストン元男爵家と繋がっていたことの証拠になってしまうのだから。

「まだあるぞ。王都に入ろうとする密売人たちに便宜を図ったお礼の請求書だな。これは」

王国もバカではないので、麻薬の取り締まりは行っている。

具体的には、王都に入ってくる人たちの目的を聞いたり、荷物を検査したりだ。

王都に入って来る人は多いので、どうしても全員を隈なくというわけにはいかず、さらに貴族本人やその家族、貴族の招待状を持っている人などは検査されなかった。

ガブス侯爵は、ダストン元男爵家の息のかかった密売人に招待状を出し、密売人が検査されないよう便宜を図っていたようね。

で、その礼を請求した手紙もあったというわけ。

「凄いのが出てきたな」

「これはもう、陛下にお見せするしかないな。ガブス侯爵を貴族の恥さらしだと思っている者たちは多い。奴はこれで終わりだな」

「明日の朝、王城に向かうとするか」

「あのぅ……ちょっといいですか？」

はあ……。

私って、どうしてこうみんなよりも敏感なところがあるんだろう。

この世界に飛ばされた直後、死の森でサバイバルをしていたから？

竜を毒殺して、レベルが上がったから？

レベル表示なんてないけど、そんな気がしてならなかった。

「女将、どうしたんだ？」

「ふと思ったんですけど、この手紙はガブス侯爵がアイリスちゃんのお父さんに出したわけで、しかもダストン元男爵家の人たちが捕まった時に押収もされませんでした。いくらガブス侯爵がバカでも、一刻も早くこれを取り戻そうとするのでは？　今、店の外が殺気でビンビンしているけど……」

「抜かった！　この店から出ればよかったんだ！」

親分さんはそっと部屋の窓を開け、すぐにこのお店が多数の殺気が籠《こも》った人たちに囲まれているのを確認した。

「テリーたちがいればなぁ……」

「親分、彼らはいないのか？」

「ご隠居、今彼らは仕事で郊外の新しい縄張りにいるんですよ。残っている連中で頼りになる奴が……いないな……」

へえ。

テリー君って、私が思っていた以上に親分さんから頼りにされているんだ。

「戦えるのは、俺、イワン殿、フレドリック殿に……」

「俺様も狩猟はするから」

そういえば、ミルコさんもハンターだったわよね。

しかも、見た目よりも強いという。

「でも、武器がないな。この店には包丁くらいはあるか？」

「女将さん、僕、ララさんも狩猟はするので自前の装備があります。あと、予備の武器が何本か……」

「ボンタ、気が利くな！」

「アンソン、お前はそういう経験がほとんどないだろうが！」

「狩猟の経験はあるぞ。この状況で戦わないわけにいかないだろうが」

「ワシは現役を退いて何十年も経っているからのぉ……。しかしなんとかせねばな」

「女将、予備の武器を貸してくれ」

「わかりました！」

お店は完全に包囲されており、これでは誰かを通報役にするわけにもいかず、私たちがメインで戦うしかない。

イワンさんとフレドリックさん、親分さんは帯剣していたから武器はあるけど、ミルコさん、アンソンさん、お爺さんには私たちが予備の武器を貸した。

戦闘は難しいので、アイリスちゃんの護衛を頼むしかないわね。

「俺が前に出ないと話にならんか……。おそらく奴らは主力を表口から雪崩《なだ》れ込ませてくるが、人数が多いから裏口からも別動隊が侵入してくるはずだ。表口は、女将、ボンタ、イワン殿、フレドリック殿が主力となって防ぐ。ご隠居とミルコとアンソンは裏口に気をつけてくれ。ファリスは状況に応じて魔法で支援。ララは、お嬢さんの最後の守りだ」

「ヤーラッドの親分の作戦に賛成する。これまた的確だね」

「ヤーラッドの親分だからな。王国軍のポンコツ指揮官なんて相手にもならんさ」

荒事に慣れている親分さんがテキパキと指示を出し、フレドリックさんとイワンさんはそれを見て感心していた。

「久々に血が滾《たぎ》るの」

「お祖父様、無茶するとお祖母様に叱られるぜ」

「ミルコ、やる気を殺《そ》ぐな」

「あっ、野戦食はいるか？」

「アンソン、そんなの食べてる時間ないぜ！　お前も裏口に注意するんだぜ」

「わかったよ」

人数は向こうの方が多いけど、私たちは負ける気がしなかった。

ガブス侯爵、アイリスちゃんは絶対に渡さないわよ。


「アイリスという小娘を確保した奴には褒美を沢山やるぞ！」

「「「「「「「「おおっ――――！」」」」」」」」


ふんっ！

貧乏で頭の悪い平民風情が、ちょっと褒美をチラつかせたら大喜びではないか。

わずかな金で大喜びする、卑しい平民に相応しい奴らだ。

私がダストン元男爵家の当主に送った手紙。

これを一刻も早く回収しなければ。もし王国や他の貴族の手に渡ったら私は破滅だ。

麻薬の密造所では押収されていないので、ならばアイリスという小娘が持ってるか、すでに処分された……それはないな。

ダストン元男爵家の連中は貴族に戻ることに拘っていたから、偉大な私との繋がりの証拠を捨てるわけがない。

この数十年で平民の血が混じって心根が卑しくなったから、私が金だけ貰って手を貸さない可能性について考慮し、証拠の手紙を捨てるわけがないのだ。

最初は思わぬ妨害を受けてしまったので一旦引き揚げたが、貴族が二名も関わっているということは、すでに書状が連中に渡った可能性がある。

明日以降にもう一度などという余裕はないのだ。

家臣たちに集めさせたゴロツキハンターたちを使い、アイリスという小娘以外は皆殺しにしてしまうしかない。

ビックス伯爵家などがうるさいと思うが、所詮相手は格下の伯爵だ。

しかもイワンは、当主や跡取りではない。

もう一人の男は男爵家の跡取りだが、格下の貴族なので殺してしまっても誤魔化せるはず。

私が直接手を下すわけではないので、あとでどうとでもできる。

アイリスとかいう小娘を手に入れ、ダストン元男爵家の隠し財産の隠し場所を吐かせてやる！

あいつら、かなり貯め込んでいるはずだからな。

これまでの借金を返せて、さらにオツリがくるはずだ。

麻薬の密造と密売は儲かるからな。

可哀想に。

貯め込んだ財産を使う前に一族が処刑されてしまったが、代わりに私が使ってやろう。

この選ばれた高貴な血筋たる私が、その家柄に相応しい優雅な生活を送るため、周囲の有象無象に私の偉大さを知らしめるために、隠し財産が必要なのだ。

犯罪者の娘には、私が直接拷問をして聞き出してやるかな。これは正義の行いなのだよ。

多少質は悪いが、ハンターが沢山集まったのでよしとしよう。

これだけの戦力差があれば、ボロい酒場の店主と従業員たちなど……。

私の慈悲を拒否した報いを受けるがいいわ！

せいぜい惨たらしく殺されてしまえ！


「ガブス侯爵、本当に金がないんだな。ろくな奴がいない。フレドリックもそう思わないか？」

「イワン、あの借金塗れのガブス侯爵が雇えた連中なんだ。質はお察しだろうに」

「実力があって稼げる人たちは、こんな危ない橋は渡りませんからね」

「ボンタの言うとおりだな。自警団にも入れなかったクズ揃いだ。殺さないようにするのが一番面倒だ」

「俺様、久々に大活躍！」

ガブス侯爵が雇ったゴロツキハンター崩れたちだけど、入り口で折り重なるように倒れていた。

イワンさんは軍系貴族の次男で、巡検使の傍ら、麻薬関連の調査もしていた。

見た目で騙される人が多いようだけど、弱いわけがないのだ。

フレドリックさんも実家で教育を受けていて、一通り武芸の心得はある。

親分さんは言うまでもなく、ボンタ君も私たちと狩猟をしているので弱くはない。

まだ裏口が静かなので表に移動したミルコさんも、今では自分で狩猟をする機会が増えていた。

弱いわけがないのだ。

「夜食は任せろ！」

「「「「「「……」」」」」」

アンソンさんは竜退治で従軍した時もそうだったけど、料理人としての性が彼をそうさせるみたい。

自分が戦わずに済んでいる状態なので、店の入り口で戦いが発生している最中にもかかわらず、調理場でなにか作っていた。

「うっ、職業病……後方支援ですか？」

「さすがは、俺のユキコ。俺をよく理解してくれている」

私は、『俺のユキコ』じゃないけど……なにか美味しそうな匂いが……。

さすがは一流の料理人。

早く食べたくなってきたわ。

「そうだ！　裏口は大丈夫かしら？」

店の入り口の前は、男性陣によって意識を刈り取られたハンターたちが折り重なっていた。

裏口からは一人ずつしか入れないけど、入り口がこのザマなので裏口からの侵入を試みる人もいるはず……と思っていたら……。

「ユキコさん、こっちは大丈夫ですよ」

「こんなジジイに負けるハンターとは……最近の若い奴らは嘆かわしいのぉ」

ララちゃんとお爺さんが対応していたけど、特に問題なかったみたい。

「もう入って来ないのか」

「魔法で眠らせましたから」

さすがはファリスさん、急に静かになったと思ったら、店に入ろうとしていたゴロツキたちを全員眠らせてしまったみたい。

「こらっ！　起きろ！」

店の外から怒鳴り声がしたのでみんなで外に出ると、ガブス侯爵がファリスさんの魔法で寝てしまったゴロツキたちに蹴りを入れていた。

それでも起きないので、かなり焦っているようだ。

「強い魔法による睡眠なので、朝まで目が覚めませんよ」

「魔法使い！　金をやる！　その小娘を連れてこっちに来い！」

「ファリスがそんなことするか、このバカ！」

妹分にちょっかい出されたミルコさんが、ガブス侯爵を散々に扱《こ》き下《お》ろした。

「平民のくせに生意気な！」

「今は貴族でも、お前はもう終わりだろうが！」

さすがにあの密書の類を王国に提出したら、ガブス侯爵も終わりのはず。

人格に難があっても能力はピカイチとかならともかく、無能な上にみんながガブス侯爵を嫌っているのだから。

「やはり、密書は小娘が！　寄越せぇ――――！」

本当に切羽詰まっていたみたいで、ガブス侯爵は剣を抜いてアイリスちゃんに襲いかかった。

……なんか、動きがヘナヘナしていてどうなんだろう？

「バカが！」

「親分さん、私に任せてください」

「どうしてだ？」

「私は、この大衆酒場『ニホン』の店長ですよ。こんな夜中にみんなを睡眠不足にして、明日の営業準備に支障があったらどうするんですか。なにより！」

「なにより？」

「私の従業員に手を出そうとして！　一発殴らなければ気が済みません！」

「ユキコさん」

「アイリスちゃんは、好きなだけこのお店にいてもいいの。この腐れ貴族が！」

「私はガブス侯爵だぞ！　貴族が平民に逆らって、この国にいられなくなっても構わないのか？」

この人は、自分が貴族であるということを過大評価しているみたいね。

いくら駄目貴族でも、平民が貴族に手を出せば処罰は避けられないと。

そんな言い分で私が退くとでも？

「別に構わないわ。今回の旅でわかったけど、お店はどこの国でもできるからね。ムカつくあんたを殴り飛ばして、他の国で酒場を開くとしましょうか」

「なっ！」

「そんな脅しが通用すると思わないでよ！　このゴミ貴族が！」

私は、渾身のストレートを……威力は抑えたけど、でないと死んでしまうから……ガブス侯爵の右頰にヒットさせた。

そのまま吹き飛ばされた彼は、お店の前に立っている大木に激突し、『ふがっ』という情けない声と共に意識を失い、倒れてしまう。

「まっ、こんなものよ」

「女将、実に気っ風のいい決めゼリフだったな。だが、ここでお店を続けてくれないと困るがね」

「実際のところ、どうなんですかね？」

いくらガブス侯爵相手でも、不敬罪に問われるとかあるのかしら？

「ワシがそうさせない。どうせこの男が貴族のままでいることを望んでいる貴族など一人もいないからな。密書もあるので、こいつは終わりだろう」

それならいいか。

私は引っ越しも覚悟して、ガブス侯爵に一発入れたんだけど。

「もしもの時は、私はユキコさんについて行きますから」

「僕もです」

「私も、魔法学院なんて他国にもありますので」

「ユキコ女将、俺様、それは勘弁してほしい！」

ララちゃん、ボンタ君はともかく、ファリスさんも？

あとミルコさん、私に縋りつかないでよ。

「ユキコさん……」

「アイリスちゃん、どうかしたの？」

ガブス侯爵があぁなって、安心したのかしら？

でも、結局処罰されないかもしれないから、不安なのかしら？

「ボク、とても嬉しかったです！　ボク、ユキコさんに一生ついて行きます！」

そう言うなり、アイリスちゃんは私の胸に飛び込んできた。

この子、本当に可愛いわ。

「ユキコ女将、俺様も！」

「このアホが！」

で、私に抱きつこうとしてお爺さんに拳骨を落とされるミルコさん。

いい加減に学習した方がいいと思う。

「もう終わったか？　実に見事な仕上がりだぜ」

「えっ？　今の今までマイペースに料理をしていたの？　でもとても美味しそう」

アンソンさんが作っていたのは、ハチミツとリンゴを贅沢に使ったアップルパイであった。

すでに戦いは終わり、野戦食というよりも夜食って感じだけど。

「以前ユキコ女将に言われたとおり、あえて野生種で酸味が強いリンゴを使ったんだ。これならハチミツの甘さとリンゴの甘さが被らないぜ」

貴族向けの高級レストランだと、栽培種や野生種でも甘いリンゴを使ったアップルパイが主流らしいけど、アップルパイは砂糖などでリンゴを甘く煮てしまうから、甘さが被ってしまう。私は酸っぱいリンゴを使ったアップルパイの方が好きだった。

それを再現してくれるなんて。

「俺に惚《ほ》れたか？」

「全然」

「うがっ！　俺は諦めん！　さあ、焼きたてのうちに食べようぜ」

「美味しそうだね」

「これは楽しみだ」

「イワンさんとフレドリックさん。これ、片づけないでいいんですか？」

「大丈夫だよ。ほら」

イワンさんがそう言うのを待っていたわけではないのだろうけど、どこからか兵士たちが現れて、意識がないハンターたちとガブス侯爵を回収していった。

「あっという間の出来事だったわね」

「つまり、ガブス侯爵はもう終わりってことだ。動いたらお腹が減ったので、夜食にしよう」

「そうじゃな、お腹が減ったのぉ」

「俺もですよ、ご隠居」

その後はみんなで、アンソンさん特製のアップルパイを食べて、そのまま解散となった。


「安心したんでしょうね」

「そうね、アイリスちゃんは不安だったはず」

もうガブス侯爵に狙われずに済む。

安心したのであろう。

アイリスちゃんは、私のベッドでスヤスヤと寝ていた。

この子、寝顔が保護欲を誘うわ。

「私も寝ましょうかね」

「私も一緒に寝ます！」

真ん中の部屋はイワンさんが借りていて、今日はフレドリックさんも泊まっていくそうだから、ララちゃんも私のベッドで寝るしかないのだけど。

「じゃあ私も。もう夜も遅いので、寮に戻れませんから」

「ファリスさんも、そうだよね……」

ファリスさん、寮住まいだったのね。

今、初めて聞いたわ。

「実は、寮と実家。半々に暮らしている状態なんです。だからここに泊まっても問題ありませんから」

それならいいけど、いくら大きなベッドでも四人は狭いかな？

まあ、今夜だけなら問題ないわね。

私たちは四人で同じベッドで横になった……なったけど！

(凄い！　ファリスさんの胸は寝ても崩れない！　これが真の巨乳なのね！)

いやあ、いいもの見たわね。

と最後に思いながら、私はようやく眠りにつくのであった。

「ガブス侯爵、死刑になったんですか……」

「麻薬密売の共犯と認定されたのでね。あの手紙のおかげだけど。当然ガブス侯爵家も取り潰しになった」

「自業自得ですか」

「彼ほどの大自爆をやらかす貴族は、そうは出ないと思うけどね」


数日後。

『ニホン』にお客さんとしてやって来たイワンさんとフレドリックさんが、ガブス侯爵が処刑され、ガブス侯爵家が取り潰されたことを教えてくれた。

ガブス侯爵の罪状があんまりだったので、王国貴族の名誉のため、密かに処刑されたそうだけど。

「これで私もお役御免だな」

イワンさん、麻薬調査もしていたと聞いたけど、ガブス侯爵の処刑でひと段落なのかしら？

「というわけで、これからはこのお店に自由に通えることになった。よろしく」

「はあ……」

いくら無役になったとはいえ、伯爵家の次男がこのお店に通っていいのかしら？

「このお店に通う資金についてだが、実は私はハンター稼業を始めてね」

「いいんですか？」

「ハンターに貴族出身者はいなくもないし、私も金銭面で実家に迷惑をかけられないのでね」

「私も暫くは無役なので、同じくお忍びでね。イワンと狩猟をして、夜にユキコさんのお店で一杯やる。実は貴族には、こういう生活に憧れている者も多いんだよ」

イワンさんも、フレドリックさんも、しばらくは庶民的な生活を楽しむってこと？

実家からなにも言われないのかしら？

「アイリスのことも気になるしね」

「大丈夫ですよ」

アイリスちゃんなら、もうちゃんと三枚目の看板娘としてお客さんたちに認知されていた。

ちなみに、私はいまだ何枚目の看板娘としても認知されていなかったけど。

せめて、四枚目の看板娘になりたいところね。

「イワンさんも、フレドリックさんも早いな」

「また増えたぁ――――！」

アンソンさん、なにが増えたと言うのかしら？

でもミルコさんと一緒だなんて、やっぱり仲がいいのね。

「今日はちょっと遅れたようだ。女将、いつものを」

「はい、親分さん」

「女将、今日はテリーもいるから多めに焼いてくれ」

「あら、テリー君は郊外の新しい縄張りはいいの？」

「ええ、仕事はちゃんとやっているっすよ。だから今日は親分の奢りなんですよ。久しぶりだから楽しみだな。ボンタ、ちゃんとやってるか？」

「僕は大丈夫ですよ、テリーさん」

ボンタ君は、もううちのお店の主力だからね。

「ここのエールはよく冷えていて美味いっすね」

「ファリスさんの魔法のおかげよ」

「あの子、ゆったりとしたローブ姿じゃなければ、もっといいんすけどね。新しいアイリスちゃんのメイド服姿、初々しくていいっすね」

「手を出さないでね」

「そんな怖いことしないっすよ、姉御に殺されるから」

「テリー君は、私をなんだと思っているのよ？」


今日も多くの常連さんで賑《にぎ》わう大衆酒場『ニホン』の売りは、格安で食べられる、塩、カレー、味噌、醤油味の煮込みと串焼きの数々。

他にもお勧めのメニューもあるし、日によっては驚きの特別メニューが置いてあることも。


今日も従業員一同。

心よりお客様のご来店をお待ちしております。

オマケ　野生のJK、相棒と出会う

「今日も採取のみだから、買い取り金額が……宿代と食費でほとんど残らない……」


ある日突然、故郷を魔獣によって滅ぼされた。

私はお使いで違う町に出かけていたから無事だったけど、家族はみんな死んでしまった。

一人きりなった私にさらに追い打ちをかけるかのように、私は故郷の村を追われてしまう。

もう村は全滅したという扱いで、新しい移住者を募るから私は邪魔なのだそうだ。

村を追い出された私は、そのまま王都へと向かった。

なにかあてがあるわけではない。

それでも、あのまま故郷に残るよりは……。

家族を亡くした小娘一人に、田舎ではろくな働き口などないのだから。

王都なら仕事の数が多いので、地方で食い詰めた人は王都へと向かう。

ろくでもない働き先ばかりとも聞くけど、王都ならハンターとして食べられるかもしれない。

食料の需要が大きいので、狩ったり、採取したものの買い取りをちゃんとしてくれるそうだ。

私は狩りなんて……罠《わな》くらいしか仕掛けたことがないけど、採取でなんとか食べていけるのであれば。

最後の手段として色街もあるけど、それは私は避けたかった。

着の身着のままで故郷の村を出た私は、王都までの道中、野草、木の実、小動物、川魚、虫などを獲って食べながら王都を目指す。

一ヵ月ほどの道中で王都に到着したのはいいけど、そこには私と同じく取《と》り敢《あ》えず王都を目指した老若男女が沢山いた。

私と同じ若い女性の中には、すぐに色街を選んでしまう人たちがいたけど、私はハンターギルドの門を叩いた。

才能があるのかどうかわからない。

でも私は色街は嫌だったのだ。

まずは装備を調えなければ……。

もちろんそんなお金はないので、とりあえず薄手のシャツとズボン、その上から鎧《よろい》代わりに着る厚手の服のみを、家から持ち出した虎の子の銀貨で購入し、安全な採集でお金を貯めることにした。

のだけど……ハンターとして採集を始めて一ヵ月ほど。

残念ながら、ほとんどお金は貯まっていなかった。

せっかく得た採集物の売却益だけど、ほとんどが食費と宿代に消えてしまうのだ。

だけどここを削るわけにいかない。

食費を削った結果、病気になって死んだり、空腹から体がフラフラになって魔獣に殺されるハンターは多かった。

宿代も削れない。

私たち、駆け出しハンターが生活するエリアは治安が悪い。

ハンターでは稼げず、身を持ち崩す人たちが多いのだ。

宿に泊まっていないと、彼らの餌食にされてしまう。

実際に悲惨な結末を迎えた同業者たちもいた。

まったくお金が貯まっていないわけでもなく、このまま数年続ければ……。

私は採集物を売却したお金を持って、毎日泊まっている宿へと戻るのであった。


「そっ、そんな……はあ……」

「ララちゃん、無理はしない方がいいよ」

「でも……」

「宿代はあるんだろう？　今仕事をすると死ぬよ」


なんて運が悪いんだろう。

朝起きたら、強い悪寒と全身のダルさを感じた。

立ち上がろうにも体が上手く動かず、宿屋の女将さんから休むようにと言われてしまう。

まさか病気になってしまうなんて……。

今の私は、お休みなんて取っていられないというのに……。

「せめて、魔獣が狩れていれば……」

採集よりも狩りの方がお金になるのだけど、そのためには装備が必要になる。

勿論安い買い物ではなく、まずは採集でお金を貯めてから武具を購入するハンターは多かった。

私もその計画だったけど、結局三日間病気で寝込んでしまったので、少ないながらも一ヵ月の貯金がすべて宿代で消えてしまった。

「気持ちはわかるけど、焦っちゃ駄目だよ」

「はい……」

宿屋の女将さんは優しく、私が病気で寝込んでいる間、宿代だけで麦粥《むぎがゆ》を作ってくれた。

それでも、貯金がほぼゼロになってしまった事実は重い。

「もう諦めて色街に行こうかな？」

頭の中をグルグルと色々な考えが巡るけど、それでも私は……。


「せっかく奥まで来たのに、思ったほど薬草が生えてない……くたびれ儲け……」

最近、王都に押しかける食い詰め者が増え、その多くがハンターになった。

みんなお金がないので、魔獣を狩るのに必要な武具を買い揃えるため、王都に近い森や平原の野草を採取するようになり、生えている薬草が大分減っていたのだ。

そのため、危険を冒して王都から離れた場所で採取をするハンターが増えていた。

魔獣に襲われて死ぬ人も増えてきて……でも、このままでは宿代すら捻出できなくなってしまう。

「はぁ……どうしてこんなに悪いことばかり……」

なかなか状況がよくならず、かえって悪化しているような……。

それでも、私は手を止めるわけにいかないのだ。

薬草を丁寧に抜いていく。

最近、採取する人が増えたから買い取り金額が下がったのも痛い。

「手を止めちゃ駄目だ」

せめて宿代だけでも確保しなければ。

昨日も、宿代が捻出できずに野宿していた少女が襲われ、強く抵抗したので殺されてしまったとか。

ハンター崩れの仕業であろうと、現在警備隊が調査しているけど、犯人が見つからないなんてことはザラにあるそうだ。

被害者が食い詰めた元地方民で、新人ハンターというのもよくなかった。

これが、被害者が生粋の王都の住民ならちゃんと捜査するそうだけど、私たちのような人間が被害者だと捜査で手を抜かれることがあるそうだ。

「安全のためにも宿代を……っ！」

陰鬱な気持ちで薬草を採取していると、突然前方の藪《やぶ》がガサガサと音を立て始めた。

「えっ？　魔獣？」

出るとは聞いていたけど、どうして困っている私のところに魔獣が……。

ついていないにも程がありすぎて、もう笑うしかなかった。

「戦うしかないの？」

小型の魔獣を罠で獲ったことがあるくらいの私が、あきらかに中型以上であろう魔獣に、しかも薬草を採るための木の棒で勝てるかどうか。

防具だって、どうにか購入した厚手の服だけで、ないよりマシくらいの防御力しかないのだから。

「逃げる？　でも……」

もし魔獣がワイルドボアで、背中から突進なんてされたら背中の骨が折れてしまうかもしれない。

先日、私と同じような境遇の少年が、ワイルドボアから逃げようとしたところに背中から突進を食らい、体が反対側に折れて死んでしまったとか。

そんな悲惨な死に方は嫌なので、どうにか安全にこの場を切り抜けなければ……。

「……」

木の棒を構えて、茂みから出て来ようとしている魔獣の正体を知ろうと目を凝らす。

すると藪の中から出てきたのは、なんと人であった。

随分と変わった格好……。

オレンジ色の上着と緑色のズボンの上に、分解したと思われる防具のパーツが結びつけてあり、背中には大量のなにかが詰まったリュックを背負っている。

リュックサックは、随分といい布を使っているのがわかる。

でも、あきらかに再利用している防具を着けていて、お金持ちには見えない。

不思議な人……リュックからは何本か剣も出ていて、もしかすると、魔獣に殺されてしまったハンターたちの遺品を回収したのかな？

でもこの人は一人で、とうていそんなことができるとは思えないけど……。

腰には剣を二本とナイフを差しており、その手には……先端部分がこれまで見たことない形をした不思議な武器を持っていた。

でも随分とボロボロで、もう使えないんじゃないかな？

「これまでよく頑張ってくれたわ。あとはただのスコップとして余生を送りなさい」

「すこっぷ？」

『すこっぷ』ってなんだろう？

あの武器のことかな？

どこの国……もしかして別の大陸の武器なのかもしれない。

でも、魔獣じゃなくて人間で安心した。

「……」

「あっ！　こんにちは」

「こんにちは」

突然、しかも凄腕のハンターでも遭難……死者が後を絶たない死の森方面から姿を見せたので男性かなって思ったのだけど、その声は私とそう年齢の違わない女性だった。

私より少し年上……なんだけど、年齢以上の芯の強さを感じてしまう。

先に彼女が挨拶をしてきたので、知り合いでもないのに、つい私も挨拶で返してしまった。

「ここはどこ？」

「ここは、ファーレーン王国ですけど」

「やっぱり日本じゃないのか……。外国でもないわね。でも普通に言葉は通じている……ふむ……」

「ニホン、ですか？」

ニホンって、初めて聞く地名だ。

もしかして、他の大陸にある国なのかな？

「お姉さんは、他の大陸からやって来たのですか？」

「そんなところかな。ええと、あなたのお名前は？　私は柏野由紀子《かしわのゆきこ》よ」

「カシワノユキコさんですか？」

聞いたことない響き……もしかして、名字があるので貴族なのでしょうか？

「ええと……あなたのお名前を教えてもらえると嬉しいかな」

「あっ、はい！　ララです」

そう。

私の名前はララ。

亡くなった両親がつけてくれた大切な名前。

「姓はないのかしら？」

「姓なんて、貴族様か大金持ちの商人たちくらいしか持っていませんよ」

「そうなんだ」

「あの……ユキコ様は貴族なのでしょうか？」

だとすると、あまり失礼な態度を取らないようにしないと。

「いいえ、私の国では平民でも姓があるから。そういう事情なら、私のことは『ユキコ』って呼んでちょうだい」

「はあ……」

貴族か平民以前に、今初めて出会ったばかりの方を呼び捨てにしてしまうのは……。

「ユキコさん」

「……別にユキコでもいいのに……。それでね、ララちゃん」

「はい、なんでしょうか？」

「人がいる場所に案内してくれないかしら？　半年も魔獣が沢山いる森やら草原やらを縦断して疲れちゃったのよ」

「半年もですか!?」

ベテランハンターでも遭難が絶えない死の森を、女性一人で半年も！

しかも、別の大陸からやって来て、死の森を北上してきたというのだから凄い。

きっとユキコさんは、もの凄い実力を持つハンターなんだと思う。

「もしかして忙しいのかしら？」

「あの……私は、薬草を採取しないといけないのです。申し訳ないですけど……」

今の量では宿代に届かないので、もう少し薬草を採らなければ。

他の国からやって来て、右も左もわからないのは可哀想だと思うけど、私にも生活があるので。

「そうか。ララちゃんにも生活があるものね」

「すみません」

「じゃあ、案内賃出すから。アルバイト代ね」

アルバイト代が出るのなら、今から王都に戻っても宿代は足りるはず。

でも、他国からやって来たユキコさんがお金を持っているのかな？

「お金ならほら。途中で拾ってきたの」

「そんなことをして、よく生きていましたね。ユキコさんは」

死の森にただお金が落ちているわけがないので、魔獣に殺されたハンターたちの成れの果てから回収したはず。

武器とかも……手に持っている変な形のやつ以外は拾い物に見える。

死んだハンターの遺品は、拾ったハンターに所有権が移るので問題ないけど、凄腕ハンターでも次々と死んでいく死の森で、あれだけの量の装備や遺品を回収して生きているなんて……。

私には絶対に無理だ。

「お金もあるけど……じゃあ、これをアルバイト代として」

「ええっ！」

ユキコさんは、私に金貨を一枚渡した。

金貨なんて……私、生まれて初めて見た。

「あの……こんなに多すぎます！」

ちょっと王都を案内して金貨一枚は多すぎます。

確かに私は今苦しいけど、理由がない大金を貰うわけには……。

「ララちゃん、私はまったくこの王都に不慣れなのよ。今後も色々と聞きたいこともあるから、それも含めてってことで受け取って」

「ですが……」

それでも金貨一枚は多すぎると思うのだ。

「このリュックに詰まった武器や、他にも色々と入っていて重たいから早く売りたいし、ララちゃんがやっているお仕事についても聞きたい。なにより半年ぶりの人が住む町だから、早く行きたいのよね。行きましょう」

「あっ、はい！」

結局金貨は貰ってしまった。

ユキコさんは強引なところもあるようで、少し男性っぽい？

でも顔や肌は綺麗だし、いい魔法薬を使っているのかな？　同じ女の子として興味がある。

そんなことを考えながら、私はユキコさんと一緒に王都に戻ったのだった。

「なるほど。他国から来られたのですか。それにしても、ほぼ回収不能と思われたハンターたちの遺品を持って来られるとは」

「すみません。さすがに全部は回収できず、遺体は埋葬するのが精一杯でした」

「それは問題ないです。死して屍《しかばね》拾う者なしが、ハンターの宿命ですから。それでハンターへの登録ですね」

「はい。まずは、ハンターをしながら今後のことを考えます」

「それがよろしいかと。お金が貯まれば、将来のことも色々と考えられるでしょう」


ユキコさんは、私と同じくハンターになりたいと希望した。

まあ、死の森を一人で縦断して無事なのだから、十分に向いていると思うけど。

ユキコさんはハンター登録を済ませると、リュックに詰まった亡くなったハンターの遺品について職員さんに尋ねていた。

「貴金属、宝石、高品質な武具については売ることができます。大した値段がつかないものもありますけど」

「必要なものを除いて売却して貨幣を得ようかと思うのです」

「それがよろしいですね。ここを出て右側に買い取りをしてくれるお店が並んでいますよ」

「わかりました。ありがとうございます」

ハンターギルドの事務所を出た私たちは、その足で武器屋、防具屋などを回り、拾ったハンターたちの遺品を売却した。

「大金ですね、ユキコさん」

「森の奥にいたハンターたちって、本当に凄腕なのね」

「そうでないと、死の森の奥まで出かけませんよ」

「それもそうね。次は……」

不必要なものを売却し、大分ユキコさんは身軽になったようだ。

お財布は重たくなった……ユキコさんはお財布を持っていないそうで、それも購入していたけど。

正確には故郷でしか使えないお金が入った財布しか持っていないみたい。ユキコさんの故郷……ニホンって言っていたけど、どこにあるのだろう？

「装備と防具を買わないと駄目ね」

「そうですね……」

ユキコさんは職人ではないので、防具はパーツごとにバラしてから、使える部分を装着してるだけ。

あくまでも応急処置だそうで、ずっと使い続けるのはかえって面倒だと思う。

結局ユキコさんは装備していた防具も素材として防具屋に売却してしまい、代わりに真新しいハードレザーメイルを購入した。

いいなぁ……私ももっとお金を貯めないと……。

「次は、服を売っているお店を教えて」

「はい。ここです」

私は、普段着を買っている……実は一回しか買ったことないけど。お金がないので……お店にユキコさんを案内した。

「もうこの服は限界よね。これ一枚しかなかったから」

オレンジ色の見慣れないデザインの上着と、緑色のズボン。

ユキコさんははるか遠方から旅してきたのに、着替えを持っていないなんて不思議だ。

「私は、突然旅立ったから」

「そうなんですか……」

それでも着替えくらい持って出ても……なにか深い事情があるかもしれないので、あまり追及しないようにしよう。

「装備の下に着るシャツとズボンと……オフの時に着る普段着は……いかにも西洋ファンタジー風なワンピースね。ディアンドルって言うんだっけ？　お祖父ちゃんの知り合いのソーセージ職人の奥さんがイベントで着ていたわね。私は制服以外、スカートをはかないから慣れないと……」

「せいようファンタジーふう？　せいふく？　ユキコさんの故郷の衣装の呼び方ですか？」

「あっ、うん、そんなところよ」

ユキコさんの故郷って、どんなところなんでしょうね。

そのうち、聞いてみようかな。

「私もシャツを買おうかな」

私は王都に辿り着いた時に着ていた服を除くと、装備の下に着るシャツとズボンを一枚ずつしか持っていない。

シャツは何度も洗っているうちに大分生地が薄くなっていたけどお金がなかったから、ユキコさんが金貨をくれて本当に助かった。

「郷に入りてはよね。これをください」

ユキコさんは、防具の下に着るシャツやズボン、普段王都を歩く時に着るワンピースなどを購入した。

「次は夕食ね！　これぞ王都の食事ってところに連れて行ってちょうだい」

「これぞ王都、ですか……」

と言われても、私は貧しいのでそんなに大したものを食べていないので、いつも行く食堂にユキコさんを案内した。

この食堂はとても安くて、私もよく通っていたから……他のお店をあまり知らなかったというのもあるけど。

「どうですか？」

「……まあ美味しいかな」

もしかして、他の国の人だからお口に合わなかったのかも。

ちゃんと全部食べていたけど、美味しいとは思っていないようだ。

あと、ここのお代も出してもらった。

案内賃という名目で。

「あとは宿ね。今日は、ララちゃんが泊まっているところでいいかな。案内して」

「わかりました」

ユキコさんほど所持金がある人が泊まる宿じゃないんだけど、女将さんは優しいし、建物はともかくシーツは綺麗で掃除もちゃんとしてあるところなので、私は気に入っていた。

なにより女性しか泊めない宿なので、色々と安心だったから。

「ここですよ、ユキコさん」

「いらっしゃい。黒い髪に黒い瞳……。他の国の人かい？」

「ええ、部屋は空いていますか？」

「ああ、ちょうどひと部屋空いてるよ」

「とりあえず一週間お願いします」

「まいどあり」

ユキコさんは、この宿を気に入ったようだ。

宿賃を一週間分纏めて支払った。

やっぱりお金を持っているよなぁ。

「この部屋だよ。洗濯は別料金だけど、自分で井戸でする分には無料さ」

「ありがとうございます。はあ……久しぶりにベットで寝られるわね」

半年も死の森を北上し続けて、野宿オンリーだったからだろう。

私には到底真似できないけど。

「夕食を食べたけど……デザートは別腹ってね。ララちゃんもどうぞ」

「うわぁ……」

ユキコさんは私を部屋に招き入れると、私にデザートを振る舞ってくれた。

カットされた見たこともない果物が皿の上に盛られていて、しかも冷えている。

もしかしてユキコさんって、魔法が使える？

さらにその上に……。

「甘ぁい！　こんなに甘い物、初めて食べました」

液体だから、お砂糖じゃないよね？

もっともそのお砂糖自体、私はこれまで一度も口にしたことがなかったけど。

王都や、私がたまに家族に頼まれてお使いに行っていた町で売っていたけど、とても高価で手が出なかったので。

「これはハチミツよ」

「えっ？　これがハチミツなんですか？」

お砂糖よりも高価なハチミツという甘い液体があるって聞いたことがあるけど、これがそのハチミツ。

こんなに甘くて美味しいなんて。

果物だって、王都近郊で採取できるものに比べたら格段の甘さなのだから。

これが、死の森を一人で北上して来たユキコさんの実力。

「とりあえず私はハンターになるけど、ハンターってパーティの方がいいのかしら？」

「それは当然……でも……」

パーティを組むと、デメリットもあると聞く。

私のような地方からの食い詰め者や、まっとうな職に就けなくてハンターへ、という人の割合が多く、報酬の配分を巡っての喧嘩や、最悪殺傷沙汰になることも。

元々強盗目的でパーティに勧誘して、誰もいない場所でその人の所持金や装備を奪う等々。

勿論、真面目に活動して大金を稼ぎ、貴族すら気を使うなんて人もいるけど。

私が一人で活動しているのは、そういう危険を避けるためでもあったのだ。

特に、男性だけのパーティになんて怖くて入れない。

誘われたこともあるけど、断ったら、あとで彼らが女性ハンターに悪事を働く有名な悪党であったのを知ったりと。

それは、パーティが組めれば効率も上がるんだけど……。

という説明をユキコさんにした。

「なるほど。確かに女性にはそういう危険があるわよね」

「はい。だから私もなかなかパーティを組めず……」

「それなら、私とララちゃんで組めばいいわね」

「そうなるんですか？」

「嫌？」

「いえ、そんなことは……」

ユキコさんは女性だから条件に合致しているけど、でもとても強くて。

優しいし、初めて会った時からいい人だとわかった。

私は長女だったから、お姉さんってこんな感じの人なのかもしれないって。

だから誘ってもらったのは嬉しいのだけど……。

「私だと、ユキコさんの足手纏《あしでまと》いになってしまうかも……」

魔猿《まえん》に滅ぼされた故郷の村から王都に辿り着き、ハンターとして一ヵ月。

私、いまだに魔獣の一匹も倒せていないので。

その前の段階、まともな装備を揃えるというところで苦戦しているから……。

「頂いた金貨のおかげで武器と防具は揃えられますけど、私は強くないから……」

「そんなことは、やってみなければわからないじゃない。現に私も、最初から強かったわけじゃないわ。それに、さっきララちゃん自身が言っていたじゃない。信用できるパーティメンバーを探すのは難しいって」

「はい……」

ユキコさんは、私を信用できると思っている……。

それはとても嬉しいことだし、私はユキコさんとパーティを組みたいと思っていた。

「未経験者ウェルカムよ！」

「うぇるかむ？」

「大歓迎ってこと。明日から忙しくなるけどね」

「よろしくお願いします」

私は、ユキコさんが差し出した手を摑んだ。

明日から忙しいってことは、亡くなった家族のことを考えないで済むってこと。

同時にユキコさんとなら、忙しくても楽しい日々がやってくるような予感がしたから。

さて、明日からも頑張らないと！


「あっ！　あそこに薬草見っけ！」

「よくわかりましたね」

「これでも、この手の採集には慣れているのよ。山菜採りでね」

「山菜採りは私もしていましたけど、ユキコさんには勝てないと思います」

翌日から、私とユキコさんはパーティを組んだ。

二人だけのパーティだけど、人数は倍になったので頼もしいような気がする。

パーティのリーダーは、強くて、年上であるユキコさんになった。

ちなみに、ユキコさんの年齢は十六歳だそうだ。

死の森を北上している間に誕生日がきてしまったそうで、そのうちお祝いした方がいいのかな？

「……」

「どうしたの？　ララちゃん」

「あっ、いえ、なんでもないです」

ユキコさんは不思議な人だ。

彼女の故郷の人たちはみんなそうなのかな？

私よりも二歳しか年上じゃないのに、その行動力の高さと思い切りのいい性格のせいで、大分年上に見えてしまう。

宿屋の女将さんよりも、貫禄《かんろく》というか威厳があるのだ。

もし私たちに魔獣が襲いかかろうものなら、それをたちどころに倒してしまう。

私もユキコさんから貰った金貨で装備を整えたので、ワイルドボアの倒し方などの手ほどきを受けている。

この前、初めて自分で一匹倒せて、その時はユキコさんがお祝いをしてくれて嬉しかった。

ユキコさんの戦闘力が凄いのは疑いようのない話なのだけど、採集の分野でも凄かった。

野草、薬草、木の実、キノコは故郷のキノコしかわからないというので私が教えたけど、発見して採集する手際が凄い。

なんでも亡くなったお祖父さんが名人だったそうで、子供の頃から教わっていたそうだ。

田舎の農村に住んでいた私も慣れている方だけど、それ以上の目のよさと採集の手際のよさなのだ。

そして……。

「そこのあなた！　全部採ったら、次に生えてこなくなるからやめなさい！」

「なんだと！　このアマ！」

ユキコさんは格好いい。

四人組の男性パーティは、私と同じく地方から出て来た人たちだと思う。

装備を手に入れようと懸命なあまり、その場の野草と薬草を取り尽くすというルール違反をしており、それをユキコさんが注意したのだ。

みんなそれどころではないし、相手は男性四人組なので、一人で採集している人や女性パーティは怖くてなにも言えない状態だったのに……。

私も一人なら……怖くて注意できなかったはず。

「焦る気持ちはわかるけど、ここでのルール違反を今はみんな見逃しても、悪評は必ず同業者に伝わる。実力のあるパーティなら、必ずあなたたちとのつき合いを避けるわよ。今少し得しても、あとで必ず後悔するわよ」

「「「「……」」」」

ユキコさんのもっともな指摘に、四人は黙り込んでしまった。

かと思ったら……。

「うるせえ！　そんな行儀よくやってたら、俺たちのような底辺は上に上がれないんだ！　綺麗事《きれいごと》を抜かすな！」

四人組の中の一人が激高しながら、ユキコさんに摑みかかった。

「噂では強いらしいが、一度摑めばこれで終わりぃ────っ！」

「女だからって、甘く見ないことね！」

ユキコさんに摑みかかった男の人は、彼女の『ジュウドウ』の技『イッポンゼオイ』で投げられて背中を地面に叩きつけられてしまった。

ジュウドウとは、ユキコさんの故郷の武芸だそうだ。

達人なのかと思ったら、コウコウのタイイクのジュギョウで習っただけだと言っていた。

よくわからないけど、ユキコさんだから覚えが早いのだと思う。

「がはっ！　強い……噂どおりだ……」

ユキコさんとパーティを組んでから二週間ほど。

女性二人のパーティなのでトラブルは数件あったけど、大の男たちがユキコさんに言い負かされて涙目になり、暴力で解決しようとした人たちはもっと酷い目に遭った。

そのおかげで、なぜか私まで怒らせると怖い人扱いになってしまって……。

安全になったからいいのだけど。

「だいたい、あなたたちはなっていないのよ！　そのまま続けていても、決して大成できないわよ！」

「「「なんだとぉ――――！」」」

「シャラァ――――ップ！」

「「「……」」」

『しゃらぁ――――っぷ』？

ユキコさんの故郷の言葉なのかな？

あまりの迫力に、男性四人は静かになってしまった。

「これより、私の指示に従って動きなさい！　わかった？」

「「「はいっ！」」」

ユキコさんの言うことを聞かなければいけない理由なんてないはずなのだけど、四人はユキコさんの迫力に支配されてしまったのかもしれない。

まるで懐いた子犬のように従順になってしまった。

「その野草は、根っ子は残す！　また生えてくるから！　その薬草はまだ小さいから採らない！もう何日か待ちなさい！」

「「はいっ！」」

「そのキノコは毒よ！　よく似ている食べられるやつがあるから間違えない！　カサの後ろが黒いのは駄目！」

「はいっ！」

「ワイルドボアが接近中よ！　戦闘用意！」

「「「はいっ！」」」

その日以降も、ユキコさんは四人にお金を貸して装備を整えさせ、毎朝集合時間と集合場所を指定し、前衛に出して指示を送りながら採取と魔獣狩りを行わせた。

ミスをするとすぐに注意が飛び、彼らはそれをすぐに直す。

まさにスパルタだけど、この四人、とてもハンターとして筋がいいようだ。

ユキコさんの指導で、めきめきと動きがよくなってきた。

採集、狩りの成果が日ごとに増えていき、彼らの稼ぎは増え……ユキコさんから借りた装備代の返却と、貯金に回された。

ユキコさんの指導は、ハンターとしての活動中のみに終わらない。

「集合時間には遅れない！　優秀なハンターは遅刻なんてしないわ！」

「ですが、姉御。一流ハンターである怠惰のヴェルスは、平気で遅刻してくるって聞きました」

「へえ、あなたは彼と同じくらい実力があるのね」

「いや、ないですよ！」

見習いハンターだから、あるわけがないよね。

「彼には突き抜けた強さがあるから、そういう無茶も許されるわ。今はパーティメンバーや一緒に仕事をする人たちが『しょうがないな』っと言って許しているけど、もし実力が落ちたり、大きなミスをして評価を下げればすぐに見放されるでしょうね。実力がほどほどでも、普段からこういうことに気を使っていれば、一回くらい大きなミスをしても『普段はちゃんとしているお前でも、たまにはそういうこともあるんだな』って許してくれたり、あとで埋め合わせがあったりするものよ。それが人としての信用なの。私たちは余所者なんだから、守れるところはきちんと守って信用を普段から溜《た》めておかないと」

「なるほど」

ユキコさんって大人……ただ強いハンターというだけではなく、将来はハンターギルドの幹部とかになれそう。

四人も同じ風に感じ、ユキコさんを尊敬の眼差《まなざ》しで見つめていた。

ちなみにユキコさんは、私よりもハンター歴が短いのだけど。

「さあ！　頑張って一流のハンターになりなさい！」

「「「はいっ！　姉御！」」」

彼らは勇んで狩猟と採集に励んだ。

「彼らが頑張ってくれるから、魔獣のいい盾になって採集がしやすいわ。あっ、この野草は……美味しいのよ……ほら、そこ！　ワイルドボアの突進はギリギリでかわす！　その時に横から一撃よ！」

「はいっ！」

四人が前に出てくれるので、私は安全に採集ができて、もの凄く効率がいいのだ。

高く売れる薬草や採集物に集中できてお金になるから。

四人は強くなるために狩りをしないといけないし、ユキコさんは彼らの成果から報酬を受け取っていないので、彼らの中でユキコさんが次第に神格化されていくような……。

そして一ヵ月ほど共に行動をしたのち、彼らはユキコさんから借りていた装備代の返済が無事に終わり、指導の時間も終了となった。

「姉御、お世話になりました」

「俺たち、もっと精進してハンターとして成り上がります」

「そうしたら、故郷の恋人も呼ぶことができますし」

「俺もそうしようかな？」

「それがいいわよ。人は守る者ができると強くなるし、無謀な行動を控えるようになる。つまり、ハンターとして大成しやすいのよ」

「「「「なるほど！」」」」

まさか数年後、この四人が王都で五本の指に入るハンターパーティにまで成長するとは。

実はユキコさん、四人から『姉御』って呼ばれるのが嫌だったそうだ。おまけに四人がユキコさんよりも年下である事実を知って頭を抱えたりしていたとか。

このあとにも色々とあったせいもあり、ユキコさんは短期間でハンターとしてかなりの有名人になっていったのだった。

あとがき

お久しぶりと、はじめまして。

自称なろう作家のY《ワイ》．A《エー》と申します。

この度、『野生のJK《ジェーケー》柏野由紀子《かしわのゆきこ》は、異世界で酒場を開く』の第二巻が無事に発売となりました。

続刊できてよかったぁ。

第二巻では、いきなりオープンさせたばかりの酒場がなくなるというタイトル詐欺が発動し、旅先で海の家を開いたり、お家騒動を解決したり、巨乳になる魔法薬の材料を探したり、籠城戦の重要人物になったり、悪役貴族を退治したりしますが、ちゃんと大衆酒場『ニホン』は復活するので安心してください。

さらに新しい看板娘や、イケメンたちも登場でなかなか盛り沢山の内容となっておりますので、書店で見かけたら是非よろしくお願いいたします。

それに、舞台が変わっても由紀子がやっていることにそんなに差はないので、すぐに慣れると思います。

この作品は、狩猟ガールを目指していた女子高生、柏野由紀子が異世界に迷い込みながらも、持ち前の逞しさと行動力で活動のフィールドを広げて行き、やはり看板娘も目指すグルメ＆ハートフルストーリーだと思われます。

その過程で多くの男性にも女性にも慕われ好かれていくのですが、本人にはあまりその自覚もなく、本命である親分さんに気がついてもらえず？

そんな、しっかりしているのか抜けているのかよくわからない由紀子の活躍は続くし、またイケメンも出てくるので、続きもお楽しみに。

最後に、この作品を購入してくれた読者の方々、素晴らしいイラストを描いてくださったすざく先生、担当のT様、電撃文庫のみなさま、本当にありがとうございました。

次の巻でお会いできることを祈りつつ、これからも『野生のＪＫ柏野由紀子は、異世界で酒場を開く』をよろしくお願いいたします。

電撃の新文芸

野生《やせい》のJK《ジェーケー》柏野《かしわの》由紀子《ゆきこ》は、異世界《いせかい》で酒場《さかば》を開《ひら》く2

著者／Y.A《ワイエー》
イラスト／すざく

2021年6月17日　初版発行

発行者／青柳昌行
発行／株式会社ＫＡＤＯＫＡＷＡ
〒102-8177　東京都千代田区富士見2-13-3
0570-002-301（ナビダイヤル）
印刷／図書印刷株式会社
製本／図書印刷株式会社

【初出】……………………………………………………………………………………………………
本書は、カクヨムに掲載された『野生のJK柏野由紀子は、異世界で酒場を開く』を加筆修正したものです。

ISBN978-4-04-913861-0　C0093　Printed in Japan

ファンレターあて先
〒102-8177
東京都千代田区富士見2-13-3
電撃の新文芸編集部

「Y.A先生」係
「すざく先生」係

ステラエアサービス

曙光行路

著／有馬桓次郎
イラスト／よしづきくみち

緋色の翼が導く先に、
はるかな夢への
針路がある。

　亡き父に憧れ商業飛行士デビューした天羽家の次女“夏海”は、高校に通う傍ら、空の運び屋集団・甲斐賊の一員として悪戦苦闘の日々をスタートさせた。

　受け継いだ赤備えの三式連絡機「ステラ」を駆り、夢への一歩を踏み出した彼女だったが、パイロットとして致命的な欠点を持っていて――。

　南アルプスを仰ぐ県営空港を舞台に三姉妹が営む空の便利屋「ステラエアサービス」が繰り広げる、家族と絆の物語。

リビルドワールドⅠ〈上〉

誘う亡霊

著／ナフセ
イラスト／吟
世界観イラスト／わいっしゅ
メカニックデザイン／cell

電撃《新文芸》スタートアップコンテスト《大賞》受賞作！
科学文明の崩壊後、再構築《リビルド》された世界で巻き起こる
壮大で痛快なハンター稼業録！

旧文明の遺産を求め、数多の遺跡にハンターがひしめき合う世界。新米ハンターのアキラは、スラム街から成り上がるため命賭けで足を踏み入れた旧世界の遺跡で、全裸でたたずむ謎の美女《アルファ》と出会う。彼女はアキラに力を貸す代わりに、ある遺跡を極秘に攻略する依頼を持ちかけてきて――!?

二人の契約が成立したその時から、アキラとアルファの数奇なハンター稼業が幕を開ける！

電撃の新文芸